EDITION KÜRBIS

Mit freundlicher Unterstützung von

LAND KÄRNTEN
Kultur

ISBN: 978-3-900965-64-8

1. Auflage September 2024

Verlag: Kulturinitiative Kürbis Wies, 8551 Wies
Lektorat: Wolfgang Pollanz
Coverfoto: Adrian Infernus - www.adrianinfernus.de
Autorenfoto: Helge Bauer
Covergestaltung und Satz: Werner Fiedler
Druck und Bindung: CPI books GmbH, Leck
Printed in Germany

www.kuerbis.at

FSC www.fsc.org
MIX
Papier | Fördert gute Waldnutzung
FSC® C083411

DIE APOKALYPSE DES FROMMEN JAKOB

Roman

WERNER FIEDLER

»Drei Dinge sind uns aus
dem Paradies geblieben:
die Sterne der Nacht,
die Blumen des Tages und
die Augen der Kinder.«

Dante Alighieri

OFFENBARUNG

Wie jeden Mittwochabend holte Jakob um siebzehn Uhr fünfzig seinen guten und auch einzigen Anzug aus dem altmodischen Kleiderschrank, der gleichzeitig den kleinen Raum in Kinderzimmer und Schlafbereich der Mutter teilte. Er zog sich den gemusterten Strickpullunder über den Kopf, tauschte das kurzärmelige Hemd gegen ein eleganteres mit langen Ärmeln und ergänzte sein Erscheinungsbild mit einer vorgebundenen weinroten Krawatte. Als er in die braune Anzughose und das gleichfarbige zweireihige Sakko schlüpfte, bemerkte er, dass seine Hände immer noch in den viel zu langen Ärmeln verschwanden.

»Wie ein Amputierter«, murmelte Jakob in den bescheiden eingerichteten Raum und sah seine Arme unzufrieden an. Immer diese dummen Sachen von der Altkleidersammlung. Er überlegte kurz, das Sakko wegzulassen, verwarf den Gedanken aber sofort wieder. Es wurde nicht gern gesehen, wenn man fehlende Wertschätzung durch ungeeignete Kleidung an den Tag legte. Jetzt noch die Versammlungstasche packen. Immer wieder musste Jakob die Ärmel seines Sakkos über die Ellbogen schieben, um Bibel, Liederbuch und die aktuelle Ausgabe der Zeitschrift *Erkenntnis!* in dem schwarzen Aktenkoffer aus Kunstleder zu verstauen. Ein prüfender Blick auf den grünen Reisewecker, der neben dem Vogelkäfig auf der alten Kommode erbarmungslos vor sich hin tickte. Jakob lag gut in der Zeit. Er kontrollierte die Futterstange und den Wasserspender im Käfig und stellte zufrieden fest, dass sein Freund bestens versorgt war.

»Bis später, Fredi«, sagte er in den Käfig, und der grüngelbe Wellensittich antwortete mit einem frechen Zwitschern. Bevor Jakob aus dem Zimmer ging, sah er sich noch einmal um. Das Gefühl, dass er etwas wichtiges vergessen hatte, machte ihn stutzig. Irgendwas war heute anders, aber er hatte keine Ahnung, was genau es war.

Pünktlich um achtzehn Uhr schloß Jakob die Tür ab und verließ den zweigeschossigen Gemeindebau durch das kalte Stiegenhaus, in dem es das ganze Jahr nach Heizöl roch. Um nicht von den Kindern der Siedlung gesehen zu werden, machte er einen großen Bogen um den heruntergekommenen Spielplatz, überquerte dann die Bundesstraße vorschriftsmäßig auf dem Zebrastreifen und passierte die Bäckerei, die leckere Nusskronen mit dickem Zuckerguss obendrauf verkaufte. Zielstrebig bog er nach links auf den Gehweg neben dem Bach ein, der die kleine Bezirkshauptstadt von Norden her durchquerte. Einen halben Kilometer weiter lag an der großen Kreuzung ein Gasthaus mit einer Telefonzelle und einem rostorangen Kaugummiautomat, der für ein paar Münzen Süßigkeiten oder billiges Plastikspielzeug ausspuckte. Jakob zog eine Schillingmünze aus seiner Hosentasche, steckte sie in den dafür vorgesehenen Metallschlitz und drehte den schwarzen Kunststoffgriff um hundertachtzig Grad. Er hörte, wie das unergründliche Innenleben des verwitterten Metallkastens die Münze verschluckte und eine Sekunde später eine Kaugummikugel mit einem hellen Klicken gegen die metallene Klappe der Ausgabelade schlug. Jakob öffnete die Klappe, nahm die diesmal giftgrüne Kugel mit Daumen und Zeigefinger auf, betrachtete sie kurz, und steckte die verbotene Frucht in den Mund. Unmittelbar nachdem der Backenzahn die harte Schale aufgebrochen hatte, breitete sich der saure, künstliche Apfelgeschmack wie eine Explosion in seiner Mundhöhle aus. Mit einem zufriedenen Grinsen im Gesicht steuerte Jakob auf die vielbefahrene Kreuzung zu. Gehorsam wartete er an der Fußgängerampel auf sein Startsignal. Als das Licht von Rot zu Grün wechselte, ging ein leichter Ruck durch seinen Körper, er überquerte zügig die Straße und erreichte den großen Gebäudekomplex, in dem das Bierlager der heimischen Brauerei untergebracht war.

In den verlassenen Büroräumen brannte Licht und wie immer roch es nach kaltem Rauch. Jakob konnte hören, wie seine Mutter in einem der hinteren Büros mit jemandem sprach.

»Ich bin nicht interessiert«, hörte er seine Mutter sagen.

»Geh Monika, tu nicht so«, erwiderte eine männliche Stimme. »Deine Muschi wird sonst noch zuwachsen.«

Jakob wurde hellhörig. Er kannte die Stimme. Es war einer der Angestellten aus dem Büro. Doch was redete der Typ da?

»Lassen Sie mich in Ruhe!«, sagte seine Mutter jetzt sehr bestimmt. »Oder ich melde das dem Chef.«

»Wie du willst«, sagte der Angestellte und Jakob hörte, wie er aus dem Büro in seine Richtung ging.

Wenige Sekunden später stand er vor ihm. Ein junger Mann mit lebhaften Augen und Schnauzer, in blauen Jeans und brauner Lederjacke. »Hallo Kleiner«, sagte er zu Jakob, der sich in dem Moment tatsächlich sehr klein fühlte.

»Hallo«, grüßte Jakob zurück und versuchte dabei möglichst erwachsen zu klingen.

»Magst du einmal mit meinem Alfa mitfahren? Hundertzehn PS.«

Was für eine Frage. Jakob kannte fast alle Automarken. Sein Lieblingswagen war zwar der mit den zwei Nullen am Kühlergrill, aber so ein sportliches Gefährt wie der *Alfa Romeo* war natürlich auch nicht schlecht. »Ja, bitte«, antwortete er und seine Augen leuchteten dabei wie die aufgeblendeten Scheinwerfer des Alfa.

»Wenn du morgen kommst, drehen wir eine Runde«, versprach sein neuer bester Freund, klopfte ihm auf die Schulter und stolzierte an ihm vorbei durch die Tür.

»Ein lässiger Typ«, sagte Jakob zu sich selbst. Er stellte seinen Koffer auf einen Schreibtisch und machte sich auf den Weg in das weiter hinten liegende Büro.

Dort fand er seine Mutter. Sie kehrte ihm den Rücken zu und wischte mit hektischen Bewegungen den Boden mit einem Wischmopp. »Mama, was ist eine Muschi?«, fragte Jakob und achtete darauf, dass sie den Kaugummi in seiner Stimme nicht bemerkte.

Die zierliche Frau wirbelte herum und saugte dabei mit weit aufgerissenem Mund Luft ein. »Musst du mich so erschrecken?«, fragte Monika vorwurfsvoll und versuchte, ihre Atmung wieder unter Kontrolle zu bringen.

»Tschuldigung.«

»Ich bin noch nicht fertig. Ich muss noch aufwischen. Warte draußen auf mich.«

»Der Mann aus dem Büro nimmt mich morgen in seinem Alfa mit.«

»Halt dich von dem fern. Das ist ein schlechter Mensch.«

Jakob machte kehrt und verließ das Büro mit dem festen Vorsatz, sich diese Sportwagenfahrt nicht nehmen zu lassen. Wenn nötig, würde er heimlich mitfahren und seiner Mutter einfach nichts davon erzählen.

Im großen Hof des Auslieferungslagers schlenderte Jakob vorbei an meterhohen Türmen aus Bierkisten, Paletten und Fässern, an den Garagen, in denen die Lastwagen über Nacht abgestellt waren, an den Wasch- und Umkleideräumen für die Bierführer. Im Aufenthaltsraum brannte noch Licht. Vielleicht hatte er heute Glück. Vor einigen Wochen hatte einer der Fahrer versprochen, ihm einige Kisten mit Legosteinen mitzubringen, mit denen seine Kinder nicht mehr spielten. Seitdem hoffte Jakob bei jedem Besuch, die Kisten im Aufenthaltsraum vorzufinden. Vorsichtig öffnete er die Tür und spähte in das verrauchte Zimmer. Ein paar leere Bierflaschen auf den Tischen, Jacken mit dem blauen Markenzeichen der Brauerei über den Sessellehnen, aber keine Kisten. Jakob überlegte. Augenblicke später trat er durch die Tür, schaute unter die Tische, öffnete Spinde und inspizierte die Ecken. Keine Kisten mit Legosteinen. Enttäuscht trat er den Rückzug an. Auf dem Weg zur Tür bemerkte er einen Aschenbecher, in dem eine vergessene Zigarette vor sich hin gloste. Der verbotene Gedanke, der wie ein Blitz durch seinen Kopf schoss, ließ seinen Herzschlag auf die Drehzahl eines Sportwagens hochfahren. Sollte er das wirklich tun? Nur einmal probieren? Und wenn der Schöpfer das sah? Während er noch über mögliche Folgen seines Handelns nachdachte, schnellte seine rechte Hand nach vorne, griff sich die Zigarette und führte sie zum Mund. Hastig nahm er einen Zug. Beim unmittelbar darauf folgenden Hustenanfall spuckte Jakob seinen mittlerweile farblosen Kaugummi zuerst auf den Tisch und dann auf den ohnehin schon schmutzigen Boden. Der beißende Rauch kratzte im Hals und stach in Nase und Augen. Tränen quollen unter den geschlossenen Augenlidern hervor. Wie ein Stück glühende Kohle warf Jakob die Zigarette zurück in den Aschenbecher. Im selben Moment hörte er die Rufe seiner Mutter, die im Hof nach ihm suchte. Schnell wischte sich Jakob die Tränen aus dem Gesicht, schlüpfte aus dem Aufenthaltsraum und ging möglichst unauffällig zu seiner Mutter, die vor den Büros auf ihn wartete.

»Wo warst du?«, fragte sie und drückte ihm seinen Koffer in die Hand.

»Ich hab mich umgeschaut«, antwortete er und hoffte, dass sie seine tränenden Augen nicht bemerken würde.

»Komm, wir müssen gehen. Wir kommen zu spät.« Monika nahm ihren Sohn an der Hand und zog ihn aus dem Hof.

Nach einem fünfzehnminütigen Fußmarsch, der Jakob eher an die kräfteraubenden Trainingsläufe seines strengen Turnlehrers erinnerte, erreichten die beiden endlich das niedrige Gebäude, das geduckt zwischen zwei Einfamilienhäusern am anderen Ende der Stadt lag. Vorsichtig öffnete Monika die Eingangstür aus hellem Holz und schlüpfte leise in den Vorraum, der in den größeren Versammlungssaal mündete. Die *Lobpreiser Jahwes* saßen bereits auf ihren Plätzen und kramten ihre Liederbücher aus den Taschen, während Bruder Voglhuber auf der Bühne die Nummer des Liedes ansagte, das zu Beginn der Zusammenkunft gesungen werden musste. Jakob folgte seiner Mutter und schloß die Tür hinter sich so leise wie möglich. Beide schlichen an der Garderobe vorbei zu einer der hinteren Sitzreihen, wo sie sich ausgerechnet an dem strengen Bruder Pfeiffer vorbeizwängen mussten, um zu zwei nebeneinanderliegenden Plätzen zu gelangen. Bruder Pfeiffer sah die beiden vorwurfsvoll an und schüttelte wieder einmal seinen Glatzkopf über ihr Zuspätkommen. Jakob ignorierte ihn, zog sein Liederbuch aus dem Koffer und wartete, bis seine Mutter die Nummer des Liedes flüsternd von ihrer Sitznachbarin erfragt hatte. Die Nadel senkte sich kratzend auf den Plattenteller und die ersten Takte klassischer Marschmusik breiteten sich von den Lautsprechern vor der Bühne aus. Als Jakob die entsprechende Stelle im Buch gefunden hatte, versuchte er möglichst harmonisch in den Chor der Gläubigen einzustimmen.

»Gottes Diener sind sehr glücklich,
in dieser schweren Zeit.

Denn er wird sie bald erlösen,
von den Qualen und dem Leid.«

Monika war wieder einmal so begeistert bei der Sache, dass sie gar nicht bemerkte, wie falsch sie sang. Jakob merkte es dafür umso mehr und wäre am liebsten im Erdboden versunken. Unauffällig sah er sich im Saal um. Familie Frank saß wieder einmal vorne bei den Besseren, in der Nähe von Bruder Voglhuber und seiner hünenhaften Frau Petra. Die Franks waren so perfekt, dass es fast schon weh tat. Markus Frank war leitender Angestellter im Transformatorenwerk und Ältester, seine Frau Veronika die perfekte aber trotzdem demütige Hausfrau und die beiden Töchter Miriam und Sarah ein Vorbild an Gehorsam und Disziplin. Miriam Frank war ein Jahr älter als Jakob und er wusste, dass sie einen Stand auf ihn hatte. Als würde sein Blick ihren Hinterkopf kitzeln, sah das dunkelhaarige Mädchen nach hinten und lächelte ihm zu. Jakob schaute schnell zur Seite und suchte demonstrativ die Sitzreihen ab.

»Der Schöpfer gibt uns sicheres Geleit,
wir sind treue Diener.
Von Tod und Krankheit er befreit,
seine treuen Diener.«

Da war sie. Eva Bischof. Ihr Rock war wieder um mindestens fünfzehn Zentimeter kürzer als die Röcke und Kleider der anderen Schwestern, die immer züchtig die Knie bedeckten. Und er war so eng, dass man die Form ihres Hinterns erkennen konnte. Mit ihren langen, blonden Haaren sah sie aus wie ein Supermodel inmitten von Klosterschwestern. Jakob musste immer wieder zu ihr hinsehen, während er sang.

»Die Tüchtigen wird er belohnen,
ins Paradies wird er sie führen,
als König wird er für uns thronen,
die Ehre soll dem Herrn gebühren.«

Normalerweise bewegte sich Alexander Voglhuber als Vorsitzender der Gemeinschaft so feierlich, dass selbst der Papst auf sein pathetisches Gehabe neidisch wäre. Doch heute war irgendwas anders. Er knöpfte nervös sein Sakko zu und hastete regelrecht auf die Bühne, so als müsste er das Anfangsgebet schnell hinter sich bringen, um danach noch einen Zug zu erwischen. Bruder Petrovic hatte das Vorrecht, die Höhe des Mikrofonständers am Rednerpult für den jeweiligen Vortragenden einzustellen. Jakob war ein wenig neidisch auf Bruder Petrovic und sein Vorrecht. Er würde auch gerne bei den Zusammenkünften in der ersten Reihe sitzen und das Mikrofon einstellen. Nur der Platz an der Tonanlage war noch lässiger. Doch dafür musste er noch ein paar Jahre warten, einem Zwölfjährigen übertrug man solche Vorrechte nicht. Alexander schloß die Augen und neigte demütig den Kopf. Die siebzig Gläubigen im Saal machten es ihm nach.

»Allmächtiger Schöpfer«, betete er mit zitternder Stimme in das korrekt eingestellte Mikrofon, »voller Ehrfurcht treten wir an diesem besonderen Tag vor deinen Thron und bitten dich, unsere Sünden zu vergeben und Barmherzigkeit walten zu lassen. Wir sind nur unvollkommene Menschen, die sich bemühen, deine Gebote so gut wie möglich zu beachten. Bitte hilf uns, in dieser Zeit des Endes möglichst viele verirrte Schafe zu finden, beschütze uns in Harmagedon und führe uns trotz unserer Unzulänglichkeiten in das ersehnte Paradies. In tiefer Dankbarkeit bringen wir diese Bitte vor dich, durch deinen Sohn Jesus Christus, amen.«

Jakob stimmte in das »Amen« mit ein und setzte sich. Er war verwirrt. So ein Gebet hatte er noch nie gehört. Und dann blieb Bruder Voglhuber auch noch auf der Bühne stehen, statt den Platz für Bruder Frank, den Leiter des Missionsdienstlehrganges, freizumachen. Er stützte sich mit den Händen am Rednerpult ab und musterte die Gläubigen, als würde er Freiwillige für ein Menschenopfer aussuchen. Es wurde totenstill im Saal. Ein kalter Schauer fuhr Jakob über den Rücken und er spürte, wie sich Gänsehaut unter seinen überlangen Sakkoärmeln bildete.

»Brüder und Schwestern, Diener Gottes«, sagte er und es klang so feierlich, dass sich bei Jakob die Nackenhaare aufstellten. »Heute ist ein besonderer Tag. Ich komme mit einer freudigen Botschaft zu euch. Lange haben wir darauf gewartet. Jetzt ist es endlich soweit. Es gibt ein Datum für Harmagedon.«

Die Gläubigen sahen Alexander an, als hätte Gott der Allmächtige persönlich in einer unbekannten Fremdsprache zu ihnen gesprochen. Jakob war nicht sicher, ob er richtig gehört hatte.

Der Vorsitzende hielt ein gefaltetes Blatt Papier in die Höhe. »Dieser Brief von unserer geistigen Führung in New York ist gestern eingetroffen. Es gibt keinen Zweifel. Der siebte Mai 1985 wird darin ganz klar als das Datum für das Jüngste Gericht genannt.«

Es war noch immer still im Saal. Die Gläubigen starrten Alexander an und auch Jakob konnte immer noch nicht glauben, was er gehört hatte. Harmagedon war echt? Es würde wirklich kommen?

Bruder Voglhuber legte mit mehr Inbrunst nach. »In wenigen Tagen ist es soweit! Die alte Welt wird vernichtet und durch die neue göttliche Ordnung ersetzt! Das Paradies ist zum Greifen nah! Ewiges Leben! Kein Tod, keine Krankheiten mehr! Keine Armut, kein saurer Regen, kein Atomkrieg! Darauf haben wir so lang gewartet! Endlich ist es soweit! Das Paradies kommt!«

Langsam kam Leben in den Saal. Jakob sah sich um. Die Versammlung hatte überrissen, was Alexander da von der Bühne verkündet hatte. Harmagedon. Das Ende der Welt. Immer war davon die Rede gewesen, doch er hatte nicht gedacht, dass es wirklich einmal kommen würde. Brüder und Schwestern fielen sich freudig um den Hals. Einige weinten, andere beteten still vor sich hin. Schwester Zettl sank bewusstlos zu Boden, während ihr Mann den Trubel nutzte und Eva Bischof inniger als nötig umarmte.

Jakob fühlte sich wie in einem Rausch. Er bekam mit, dass seine Mutter ihm einen Kuss auf die Stirn drückte und danach selig durch den Saal tänzelte.

Markus Frank gab seiner Frau einen sittsamen Kuss auf den Mund und umarmte Miriam herzlich. Ihre kleine Schwester Sarah saß daneben und lächelte müde. Wie immer hatte sie eine sehr blasse Hautfarbe und trug ein Kopftuch. Ihr Vater gab ihr einen Kuss auf die Stirn. Tränen liefen über seine Wangen. »Jetzt wirst du wieder gesund«, sagte er mit weinerlicher Stimme zu ihr.

»Du wirst wieder gesund!«, bestätigte Veronika aufgeregt und strahlte abwechselnd ihren Mann und ihre kranke Tochter an.

Der sonst so mürrische Karl Pfeiffer drückte Markus und Veronika an sich, umarmte Miriam und strich Sarah liebevoll über den Kopf.

Jakob sah sich nach seiner Mutter um. Monika hatte sich mittlerweile bis zur ersten Reihe vorgearbeitet und klammerte sich schon etwas zu lange an den Hals von Walter Petrovic. Der junge Bruder sah sich hilfesuchend um und löste ihre zierlichen Arme schließlich mit sanfter Gewalt von seinem Körper.

Die Stimmung wurde immer ausgelassener und Alexander hatte Mühe, die theokratische Ordnung im Saal wiederherzustellen. Er bat von der Bühne aus mehrmals um Ruhe, doch niemand beachtete ihn. Nach dem dritten erfolglosen Ordnungsruf verlor er die Geduld und das Blut schoss ihm in sein kantiges Gesicht.

»Ruhe!«, schrie er ins Mikrofon und produzierte damit eine schmerzhafte Übersteuerung der Tonanlage, die ihm sofort die ungeteilte Aufmerksamkeit der Anwesenden einbrachte. »Ich verstehe, dass ihr euch freut«, sagte er und versuchte dabei wieder feierlich zu klingen. »Aber wir haben nicht viel Zeit. Die Prophezeiungen aus dem Buch der Offenbarung erfüllen sich jetzt. Der Ritt der vier apokalyptischen Reiter ist bald zu Ende und wir haben noch viel zu tun. Unsere Aufgabe ist es, in der verbleibenden Zeit möglichst viele Menschen zu retten, denn wer nicht mit Gott ist, ist gegen ihn. Und nur wer die Wahrheit annimmt, kann gerettet werden.«

Unzählige Gedanken schossen Jakob wie verirrte Silvesterraketen durch den Kopf. Er war unsicher, ob auch Wellensittiche ins Paradies kommen würden. Würde er seine wenigen Spielsachen mitnehmen können? Eigentlich musste er jetzt nicht mehr in die Schule gehen. Wo würden sie im Paradies wohnen? Er fragte sich, ob im Paradies Autos erlaubt sein würden. Und wann er einen zahmen Löwen streicheln könnte. Würde der Löwe den Wellensittich fressen? Eine Frage beschäftigte ihn aber mehr als alle anderen: Hatte der Schöpfer gesehen, dass er geraucht hatte?

DIE WELT

Die Stadt liegt in Schutt und Asche. Dunkle, tiefhängende Wolken tauchen die Umgebung in eine bedrohliche Finsternis. Rauch steigt aus den Trümmern auf. Zweifellos hat kein Weltlicher den göttlichen Angriff überlebt. Jakob wartet mit seiner Mutter und den Brüdern und Schwestern aus der Versammlung in einer langen Schlange, an deren Spitze zwei Cherubim in strahlend weißen Gewändern und mit glühenden Schwertern den Eingang zum Paradies bewachen. Hinter den Wächtern wirft die Sonne ihre warmen Strahlen auf einen farbenprächtigen Garten mit saftigen, grünen Wiesen und exotischen Pflanzen. Von blühenden Bäumen lobpreisen bunte Vögel ihrem Schöpfer mit ihrem hellen Gesang. Ein zahmer Löwe streift neben anderen Tieren friedlich durch den Garten.

Bruder Voglhuber darf natürlich als Erster ins Paradies. Die Engel senken ihren langen Schwerter und er tritt mit seiner Frau über die Schwelle. Als die beiden auf dem ersehnten Grün stehen, fallen sie sich überglücklich in die Arme. Dann ist Familie Frank dran. Miriam steuert nach dem Übertritt sofort auf den Löwen zu, der folgsam stehenbleibt, um sich von ihr streicheln zu lassen. Sarah springt aus ihrem

Rollstuhl, reißt sich das Tuch vom haarlosen Kopf und läuft mit leichten Schritten auf einen Regenbogen zu.

Endlich ist Jakob an der Reihe. Geduldig wartet er, bis die Wächter den Weg freimachen. Doch die überkreuzten Schwerter bleiben an ihrem Platz. Jakob sucht in dem strengen Gesicht des Cherubim nach einer Erklärung, aber sein Antlitz strahlt so hell, dass es in seinen Augen schmerzt. Der Engel schüttelt den Kopf und fixiert Jakobs Hand mit seinen allwissenden Augen. Jakob folgt dem Blick und erschrickt. Zwischen seinen Fingern hält er eine glühende Zigarette.

Monika ist schon auf der anderen Seite der Schwertbarriere. Sie sieht ihren Sohn vorwurfsvoll an, dreht sich um und geht los. Verzweifelt ruft Jakob nach seiner Mutter, doch Monika verschwindet im Paradies, ohne sich noch einmal umzusehen.

Jakob wurde von einem Scheppern in der Küche geweckt. Das alte Kinderbett seufzte unter der Belastung, als er sich langsam auf seine Ellbogen stemmte und sich mit einem verschlafenen Blick zum Reisewecker vergewisserte, dass es noch viel zu früh zum Aufstehen war. Gut, dass er gestern den Alarm abgestellt hatte. Aber warum war seine Mutter überhaupt zu Hause? Eigentlich putzte sie um diese Zeit ein Kaffeehaus mit angeschlossener Diskothek. Jakob dachte nicht weiter darüber nach, drehte sich auf die Seite und hoffte, dass sie ihn einfach schlafen lassen würde.

Wenige Minuten später stand Monika im gemeinsamen Zimmer und rüttelte Jakob leicht an der Schulter. »Jakob, aufstehen«, flötete sie ihm ins Ohr. Als er keine Reaktion zeigte, wurde sie etwas lauter. »Was ist los? Warum bist du nicht für die Schule fertig?«

Jakob tat so, als würde er gerade erst aufwachen. »Was ist?«

»Aufstehen. Du kommst zu spät in die Schule.«

»Warum muss ich jetzt noch in die Schule?«, fragte Jakob verschlafen. »Es kommt doch eh Harmagedon.«

»Das ist eine gute Gelegenheit, deinen Mitschülern vom Paradies zu erzählen. Der Schöpfer hat dich auserwählt. Du kannst sie retten.«

»Will ich aber nicht«, sagte Jakob so laut, dass es Monika gerade noch hören konnte.

»Sag sowas nicht. Alle müssen die Chance bekommen, gerettet zu werden. Erzähl ihnen einfach vom schönen Paradies. Sag ihnen, dass es keinen Atomkrieg mehr gibt und kein Waldsterben. Wir werden alle ewig leben. Das ist doch wunderbar. Also zieh dich bitte an.«

Monika ging zurück in die Küche und Jakob verdrehte die Augen. Widerwillig schälte er sich unter der Bettdecke hervor. Er setzte sich auf die Bettkante, schlüpfte aus seinem beigefarbenen Teddybär-Pyjama und schlurfte zu dem muffigen Polstersessel, auf dem er seine Kleidung vom Vortag abgelegt hatte.

Als Jakob in die Küche kam, beschmierte seine Mutter gerade eine Scheibe Schwarzbrot mit Butter und Marmelade. Dabei trällerte sie vergnügt eine Melodie vor sich hin.

»Nicht schon wieder Marmeladebrot zur Jause«, sagte Jakob und verzog dabei das Gesicht.

»Wir haben nichts anderes«, erwiderte Monika, während sie ihre Kreation mit einer weiteren Brotscheibe als Deckel vollendete und in ein Butterpapier einwickelte. »Putz dir bitte noch schnell die Zähne.«

Jakob dreht sich zur Spüle um. »Muss man im Paradies eigentlich auch noch Zähne putzen?«, fragte er und drückte Zahnpasta auf die angekaute Bürste. »Wenn man ewig lebt und nicht mehr krank wird, werden die Zähne ja auch nicht mehr kaputt, oder?«

»Das wird uns der Schöpfer schon sagen, wenn es soweit ist«, antwortete Monika knapp.

Jakob steckte sich die Bürste in den Mund und fragte nicht weiter nach. Gestern hatte er seine Mutter auf dem Nachhauseweg mit tausend Fragen über Harmagedon und das Paradies gelöchert. Aber die Antwort war immer dieselbe. Der Schöpfer wird sich darum kümmern, er wird uns das schon sagen, man sollte sich keine Gedanken machen.

Ein Gemisch aus Zahnpasta und Speichel landete in der Spüle. »Warum bist du eigentlich daheim?«, fragte Jakob, nachdem er den Mund mit Wasser aus dem Hahn ausgespült hatte. »Musst du nicht im Kaffeehaus putzen?«

»Ich geh da nicht mehr hin. Ich muss die Zeit nutzen und den Menschen die frohe Botschaft verkünden.« Monika drückte ihrem Sohn einen Kuss auf die Stirn, strich ihm liebevoll über den Kopf und sah ihm lächelnd dabei zu, wie er sich widerwillig die Schultasche auf den Rücken packte, während er in den Vorraum ging.

»Jakob, du hast was vergessen«, rief sie ihm hinterher, als er schon fast bei der Tür war.

Monika reichte ihm eine Karte in einer Plastikhülle, an der eine lange Schnur befestigt war. Auf der Karte waren in großen roten Lettern die Worte *Kein Blut!* aufgedruckt. Jakob hängte sich die Schnur um den Hals und ließ die Karte unter seinem Hemd verschwinden.

»Und vergiss nicht, du bist auserwählt«, sagte sie noch, während Jakob über die Schwelle in die todgeweihte Welt trat.

Jakob hasste die Schule. Als er am ersten Schultag mit etwas Verspätung in das Klassenzimmer schlich und deshalb einen Platz in der letzten Reihe ansteuern musste, fühlte er sich wie ein Fremdkörper im falschen Organismus. Weltliche Kinder, Gespräche bei denen er nicht mitreden konnte, viele neue Regeln, der Ernst des Lebens. Schon bevor er seine ersten Stunden in der Pflichtschule absolvierte, konnte Jakob bereits ziemlich gut lesen und schreiben. Das hatte er von seiner Mutter und den Glaubensgeschwistern in der Versammlung gelernt. Voller Vorfreude hatte er vor dem ersten Schultag seinen Namen auf alle Schulhefte geschrieben. In der ersten Schulstunde kam die Ernüchterung. Die pingelige Lehrerin schimpfte mit ihm, weil er die Hefte schon zu Hause und noch dazu falsch beschriftet hatte. Der Name hatte im dafür vorgesehenen Feld links oben zu stehen, nicht in der Mitte. In die Mitte musste die Abkürzung für den jeweiligen Gegenstand geschrieben werden. Und rechts oben die Klasse. Das hier war ja schließlich kein Spiel mehr. Natürlich hatte Jakob seinen Namen mit Kugelschreiber auf den Heften verewigt, Bleistifte waren schließlich für Babies. Ihm standen die Tränen in den Augen. Das Beschriftungsproblem konnte erst einige Tage später mit Hilfe von Klebeetiketten beseitigt werden. Aber das Thema Schule war für den Erstklässler bereits am ersten Schultag erledigt.

Jakob hatte also keine Eile. Er schlenderte die Straßen entlang und nahm absichtlich einen Umweg, der über den Hauptplatz und das Elektrofachgeschäft führte. Im großen Schaufenster lief auf allen ausgestellten Fernsehgeräten das Vormittagsprogramm von *FS1*. Jakob hatte Glück. Er erwischte noch die letzten Minuten der Fernsehserie *Captain Future* und beobachtete gespannt, wie der Weltraumheld mit seiner Crew und seinem Raumschiff lautlos gegen böse Kreaturen kämpfte und für Gerechtigkeit im Universum sorgte. So reimte er sich die Geschichte jedenfalls zusammen, denn es gab keinen Ton auf dieser Seite der Glasscheibe. Danach war *Russisch für Anfänger* am Programm. Gemütlich wanderte Jakob weiter zum Spielwarengeschäft. Dort suchte er das Schaufenster nach Neuigkeiten ab und studierte gründlich die gezeigten Spielsachen. Hier parkten ferngesteuerte Autos neben Puppen in Kinderwagen, Baukästen mit Holzklötzen und Legosteinen versprachen stundenlangen Spielspaß und die angepriesene Modelleisenbahn war sowieso das höchste der Gefühle. Viele der ausgestellten Spielsachen hätte Jakob gerne gekauft, blieben aber aufgrund von permanentem Geldmangel ein Wunschtraum. Widerwillig riss er sich von den Objekten seiner Begierde los, überquerte den Bach über eine kleine Brücke, trottete an der *Sparkasse* vorbei und erreichte eines der wenigen Gründerzeithäuser der Stadt, in dem Volksschule und Hauptschule untergebracht waren.

In dem breiten Stiegenhaus und besonders in den Gängen vor den Klassenzimmern roch es so, wie es nur in Schulen riechen konnte. Es war eine sonderbare Mischung aus kaltem Stein, Putzmittel und Schweißfüßen. Während Jakob in der Garderobe vor dem Klassenzimmer seine abgewetzten Straßenschuhe gegen die vorgeschriebenen Hausschuhe tauschte, überlegte er sich eine Entschuldigung für sein Zuspätkommen. Es durfte keine Lüge sein, denn der Schöpfer hasste Lügner. Er konnte aber auch nicht sagen, dass er keine Lust auf Schule hatte. Wenige Augenblicke später fiel ihm die Lösung ein. Vorsichtig öffnete er die Tür und schlüpfte in den Klassenraum.

Zwanzig Augenpaare starrten ihn an. Herr Jäger, ein strammer Mann um die fünfzig mit militärischem Kurzhaarschnitt, unterbrach seinen Unterricht und musterte ihn streng.

»Entschuldigung«, sagte Jakob mit piepsiger Stimme, »ich hab gedacht heute ist schulfrei.«

»So eine blöde Ausrede«, donnerte Jäger ihm entgegen. »Warum sollte heute schulfrei sein?«

Was sollte er jetzt sagen? Die Wahrheit? Eine Lüge? »Wegen dem ... Weltuntergang«, antwortete er zögernd.

Einige Schüler in der Klasse lachten.

»Ruhe! Was soll der Unsinn, Feldhofer? Setz dich! Noch so eine blöde Meldung und du wanderst in die Bunte Klasse!«

Jakob ging an den kichernden Mitschülern vorbei zu seinem Platz in der mittleren Reihe. Er war der einzige Schüler der 2B, der einen Tisch für sich alleine hatte. Niemand wollte mit dem eigenartigen Jahwe-Typ zusammen sitzen. Herr Jäger sagte eine Aufgabe aus dem Deutschbuch an, die von den Kindern ins Schulübungsheft übertragen werden musste. Jakob zog sein Heft aus der Schultasche, schlug es ordnungsgemäß auf und begann an der korrekten Stelle zu schreiben. Ein paar Wörter später stoppte er die kratzende Füllfeder wieder. Eigentlich gab es jetzt keinen Grund mehr, Aufgaben in Hefte zu übertragen. Es würde keine Tests und Schularbeiten mehr geben. Und auch keine Noten. Kein Zeugnis. Jakob lächelte still vor sich hin und begann zu zeichnen. Zuerst eine Kugel mit einem Loch vorne. Haifischflossenartige Flügel oben und unten auf der Kugel. Dann ein langes Rohr nach hinten, mit einer kleineren Kugel am Ende. Im vorderen Drittel vier Flügel, die sternförmig vom Rohr wegstanden. Kleine Raketen auf den Spitzen der Flügel. Das Raumschiff von *Captain Future* sah schon ganz gut aus. Gerade als er die kleinen Flügel im hinteren Teil zeichnete, traf ihn etwas im Nacken. Er wischte das Gefühl mit der Hand weg und zeichnete weiter. Wieder traf ihn was im Nacken. Jakob konnte sich schon denken, wer das war. Der Lukas Kulmer schoß wieder mit Spuckekugeln auf ihn. Als ihn die dritte Kugel am Hinterkopf traf, drehte er sich zu dem lästigen Mitschüler um und sah gerade noch, wie der den Strohhalm unter dem Tisch verschwinden ließ. Jakob sah den grinsenden Jungen an und stellte sich vor, wie *Captain Future* in dieser Situation reagieren würde. Er würde seine Pistole vom Gürtel nehmen und sie auf Betäubung einstellen. Dann würde er auf Lukas zielen und ihm in die Brust schießen. Der helle Strahl würde den lästigen Mitschüler samt seinem Sessel durch den Raum schleudern und ihn gegen die Rückwand prallen lassen. Risse in der Wand würden entstehen und Farbe würde abbröckeln. Durch die Wucht des Aufpralls würde sich das Bücherregal über Lukas lösen und die schweren Bücher würden ihm genau auf den Kopf krachen. Eine Spuckekugel traf Jakob mitten im Gesicht.

»Hör auf damit!« sagte er laut zu Lukas und im selben Moment wurde ihm bewusst, dass es jetzt Ärger mit Jäger geben würde.

»Feldhofer!«, schallte es erwartungsgemäß vom Lehrertisch.

Jakob drehte sich um. »Er hat mich mit...«, versuchte er zu erklären, wurde aber vom Lehrer unterbrochen.

»In die Bunte Klasse!«

»Aber er hat mich mit Spuckekugeln beschossen.«

»Du vernaderst deine Kameraden? Sowas lernt man bei euch? Andere denunzieren? Raus hier!«

»Aber...«

»In die Bunte Klasse! Sofort!«

So grantig wie der Jäger jetzt war, hatte es keinen Sinn mehr zu widersprechen. Jakob packte sein Heft und das Federpennal wortlos in die Schultasche und ging mit hängenden Schultern zur Tür. Als er in der ersten Reihe am Tisch von Karin Gruber vorbeikam, bekreuzigte sich die blöde

Kuh und faltete die Hände zum Gebet. Jakob warf ihr seinen bösesten Blick zu und trottete aus dem Klassenzimmer.

Vor der Tür überlegte Jakob, wie er es dem doofen Lukas so richtig heimzahlen könnte. Als sein Blick auf die Garderobe und die nebeneinander aufgereihten Turnbeutel fiel, hatte er eine Idee. Er suchte die Namensschilder ab, fand den Beutel von Lukas und fischte seine Turnschuhe heraus. Dann suchte er den Beutel von Karin, tauschte ihre rosaroten Ballettschuhe gegen die Turnschuhe und stopfte die Ballettschuhe von Karin in den Beutel von Lukas. Jakob grinste. Jetzt hatten beide was davon. Doch für Lukas war ihm die Strafe noch nicht hoch genug. Jakob dachte nach. Da fiel ihm ein, dass Lukas in Harmagedon sowieso vernichtet werden würde. Das sollte reichen. Jakob wandte sich nach rechts und machte sich lächelnd auf den Weg zur Bunten Klasse.

Als er die Tür öffnete, wurde er beinahe von einem nassen Tafelschwamm im Gesicht getroffen. In dem Klassenzimmer war die Hölle los. Einige Schüler saßen auf den Tischen, andere schrien sich gegenseitig an, ein übertrieben geschminktes Mädchen teilte Ohrfeigen an lachende Jungs aus. Die junge Lehrerin versuchte den Lärm zu übertönen und befahl einem besonders übermütigen Schüler, den Schwamm aufzuheben. Der Schüler äffte sie nach, grinste dabei dämlich und machte keine Anstalten, ihrem Befehl Folge zu leisten. Jakob wollte am liebsten wieder umkehren. Doch die Lehrerin hatte ihn bereits bemerkt und sah ihn mit ausdruckslosen Augen an. Eine unsichtbare Kraft schien ihn an der Tür festzuhalten. Wie in Zeitlupe betrat er den Raum und ging zum Lehrertisch. Von den Schülern wurde er mit lautem Johlen und Applaus empfangen. Als wäre es eine besondere Leistung, es hierher geschafft zu haben. Eigentlich müsste der Lukas hier sitzen.

»Der Herr Jäger hat mich hergeschickt«, sagte er so laut, dass die Lehrerin ihn gerade noch hören konnte.

»Ja, setz dich irgendwo hin. Mach Hausaufgaben oder sonst was.« Ihre Stimme klang wie ein einziger lang gezogener Seufzer.

Jakob wählte einen Tisch ganz hinten am Fenster aus. Hier würde er am wenigsten auffallen und vielleicht vor Angriffen mit dem Tafelschwamm sicher sein. Während er durch die Bankreihen zu seinem auserwählten Platz ging, verspotteten ihn einige Schüler wegen seiner altmodischen Kleidung. Das geschminkte Mädchen fragte ihn, ob sie ihm eine Ohrfeige runterhauen dürfe. Ein anderer Schüler empfahl ihr, ihm stattdessen einen Magenstrudel zu verpassen. Jakob reagierte nicht auf die Störgeräusche. Er setzte sich, holte sein Heft und das Federpennal aus der Schultasche und zeichnete scheinbar seelenruhig an dem Raumschiff weiter. Innerlich war er alles andere als ruhig. Sein Herz pochte, als wollte es aus der Brust springen. Er wagte kaum zu atmen. Immer mehr Schüler kamen zum Tisch und umringten den Neuling. Es wurde still im Klassenzimmer. Jakob machte sich auf eine gewaltige Abreibung gefasst.

»Woah, der kann gut zeichnen«, bemerkte der besonders übermütige Junge.

»Das ist die *Comet* von Captain Future«, sagte ein anderer Junge.

Jakob ergänzte die dreidimensionale Darstellung des Raumschiffs mit einigen Details. Die Schüler sahen schweigend zu. Das Gesicht der überforderten Lehrerin entspannte sich etwas.

Nach der Schule saß Jakob mit seiner Mutter an dem grauen Resopaltisch in der Küche und stocherte in seinem Reisfleisch herum. Das konnten doch nicht alle gewesen sein. Da musste es noch welche geben. Er schob den klebrigen Reis zur Seite, fand ein weiteres Fleischstück und steckte es in den Mund. Es war zäh und schwer zu kauen, trotzdem mochte er das Fleisch lieber als den geschmacklosen Reis. Man konnte nicht sagen, dass Monika eine gute Köchin war. Aber sie bemühte sich, jeden Tag nach der Schule ein warmes Essen auf den Tisch zu bekommen. Gegen Monatsende wurde das Geld für Lebensmittel meist knapp. Dann schickte sie Jakob oft mit einem Stück Papier zur Sparkasse, auf dem sie in kleinen Blockbuchstaben darum bat, ihrem Sohn einen Vorschuss von hundert Schilling auszuzahlen. Je nachdem wie hoch das Konto schon überzogen war, nickte der freundliche Filialleiter der Kassiererin hinter der Glaswand entweder zu, oder er schüttelte den Kopf. Wenn er schüttelte, wusste Jakob, dass in den nächsten Tagen nur einfache Gerichte auf den Tisch kommen würden. Wenn er aber nickte, dann konnte er Lebensmittel einkaufen und durfte auch etwas Süßes für sich aussuchen. Meistens kaufte er die roten Schaumzucker-Erdbeeren um neun neunzig, denn er traute sich nicht, mehr als zehn Schilling für sich auszugeben. Doch damit war es jetzt vorbei. Im Paradies würden sie kein Geld und keine Sparkasse mehr brauchen. Auf den bunten Bildern in seinem Buch mit biblischen Geschichten waren immer gut gefüllte Körbe mit Obst und Gemüse zu sehen. Der Schöpfer würde gut für seine Diener sorgen, niemand würde mehr Hunger leiden müssen. Aber es würde wahrscheinlich auch keine Schaumzucker-Erdbeeren mehr geben.

»Werden wir im Paradies Fleisch essen?«, fragte Jakob seine Mutter, nachdem er einen zähen Bissen hinuntergewürgt hatte.

»Ich glaube nicht«, antwortete Monika. »Dazu müssten wir ja Tiere töten, und das will der Schöpfer sicher nicht.«

Kein Fleisch? Das konnte sich Jakob überhaupt nicht vorstellen. Wiener Schnitzel war sein Lieblingsgericht. Und die leckeren Faschierten Laibchen von Schwester Pölzl, die nebenan wohnte. Er fragte sich, was sie dann im Paradies essen sollten.

»Was sollen wir dann im Paradies essen?«

»Kannst du dich an die Geschichte von den Israeliten in der Wüste erinnern, die nichts zu essen gehabt haben? Der Schöpfer hat Manna vom Himmel regnen lassen.«

»Wir sollen Manna essen?«

»Ich weiß nicht, vielleicht. Ich will damit nur sagen, dass wir auf den Schöpfer vertrauen können. Er wird für uns sorgen.«

Schon wieder diese Antwort. Jakob stellte sich vor, wie es im Paradies Wiener Schnitzel und Faschierte Laibchen vom Himmel regnete. Und kleine rote Beutel mit Ketchup.

»Nach dem Essen gehen wir in den Missionsdienst«, unterbrach Monika den appetitlichen Tagtraum ihres Sohnes. »Und wir müssen noch kurz zum Bierlager.«

»Aber ich wollte heute basteln«, protestierte Jakob. Er war nach der Schule eigens dafür zum *Lagerhaus* gegangen und hatte Kartons aus dem Container gefischt.

»Missionieren ist wichtiger. Im Paradies hast du noch genug Zeit zum Basteln.«

Jakob schob den Teller mit dem übriggebliebenen Reis seufzend von sich.

MISSIONSDIENST

Die dicke Hausmeisterin vom Nebeneingang glotzte skeptisch aus dem geöffneten Fenster, als Monika mit ihrer Missionsdiensttasche über der Schulter aus dem Haus trat. Jakob trottete in Hemd, Krawatte und mit dem schwarzen Aktenkoffer in der Hand hinter ihr her. Das Sakko durfte er bei dem warmen Maiwetter weglassen.

»Wo geht's ihr denn schon wieder hin?«, rief ihnen die neugierige Hausmeisterin entgegen und lehnte sich dabei gefährlich weit aus dem Fenster.

»Das geht Sie gar nichts an«, antwortete Monika im Vorbeigehen, ohne sie anzusehen. Diese Frau war es nicht wert, in Harmagedon gerettet zu werden. Niemand würde mit einer Person im Paradies leben wollen, die sich dauernd in die Angelegenheiten anderer einmischte.

Jakob hoffte, dass um diese Uhrzeit noch nicht allzu viele Kinder im Hof sein würden. Als sie die gefährliche Spielplatzzone bereits passiert hatten, ohne einem anderen Kind zu begegnen, kam ihnen auf der Straße ausgerechnet ein Junge aus der Siedlung mit seinem Vater entgegen. Der Junge war etwas älter als Jakob, trug eine struppige Vogelnestfrisur und eine lässige Jeansjacke mit bunten Aufnähern. Er starrte Jakob an, als würde er einem Wesen von einem anderen Stern begegnen. Jakob spürte Hitze in sich aufsteigen, die sich in seinem Kopf sammelte. Der Vater erinnerte ihn mit seinen langen Haaren und dem Bart an einen der Propheten aus seinem Kinderbuch mit biblischen Geschichten. Nur die selbst gedrehte Zigarette im Mundwinkel passte nicht dazu. Der Vater lächelte Monika an.

»Juten Tach, schöne Frau«, flötete er ihr im Vorbeigehen mit rauchiger Stimme zu.

Monika reagierte nicht und schob ihren Sohn weiter die Straße entlang. Jakob sah sich zu dem Jungen um und bemerkte, dass auch er sich zu ihm umgedreht hatte. Ihre Blicke trafen sich kurz, dann war der magische Augenblick auch schon wieder vorbei.

Jakob stand im Büro des Bierlagers und wartete auf seine Mutter. Durch die geöffnete Tür konnte er den Alfa-Fahrer im hinteren Büro sehen. Er saß lässig an seinem Schreibtisch, die Brusthaare quollen aus dem weit geöffneten Hemd und eine Sonnenbrille steckte in seinen Haaren. Jakob machte einen Schritt nach vorn, damit er besser zu sehen war. Der Alfa-Fahrer sah von seinen Unterlagen auf und bemerkte ihn endlich.

»Hallo Kleiner!«, rief er ihm gutgelaunt zu.

»Hallo«, antwortete Jakob so salopp wie möglich. Er hoffte, dass jetzt die Einladung zur Fahrt mit dem Alfa kommen würde. Doch es kam keine. Der Sportwagenfahrer war wieder in seine Unterlagen vertieft. Stattdessen kam Monika aus dem Büro des Chefs zurück. Sie zog eine Ausgabe der Zeitschrift *Erkenntnis!* aus der Tasche und marschierte an Jakob vorbei in das hintere Büro. Dort legte sie dem Alfa-Fahrer die Zeitschrift auf den Tisch. Der schaute verwundert auf die farbenprächtige Titelseite, auf der eine lächelnde Familie in einem paradiesischen Garten zu sehen war, und verzog das Gesicht.

»Harmagedon steht vor der Tür«, erklärte Monika mit fester Stimme. »Der Allmächtige Schöpfer wird die Bösen von der Erde vertilgen, nur die Gerechten werden überleben.«

»Was?«

»Auch so einer wie Sie kann gerettet werden. Sie müssen ihre Sünden bereuen und ein gottesfürchtiger Mann werden. Bis siebten Mai haben Sie Zeit.« Monika ließ den verblüfften Mann sitzen und schritt grußlos aus dem Büro.

Das wars mit der Fahrt im Alfa. Jakob würde den Sportwagen niemals von innen sehen. Mit hängenden Schultern folgte er seiner Mutter aus dem Büro.

Stoppt den Sauren Regen! und *Erst stirbt der Wald, dann stirbt der Mensch!* war auf großen Transparenten zu lesen. Auf dem Hauptplatz vor dem Rathaus hatten sich zahlreiche Demonstranten versammelt, einer hatte sich sogar als Sensenmann verkleidet. In der linken Hand hielt er eine Sense, in der rechten das Gerippe eines toten Nadelbaumes. Polizisten überwachten die Veranstaltung mit ausdruckslosen Mienen.

»Stoppt den Sauren Regen!«, skandierten die Aktivisten im Chor.

Sowas hatte Jakob noch nie gesehen. Staunend ging er mit seiner Mutter in sicherer Entfernung an den aufgebrachten Demonstranten vorbei. Jakob wusste, dass die Zerstörung der Umwelt ein *Zeichen der letzten Tage* war. Wie Kriege, Hungersnöte, Krankheiten und Erdbeben war Umweltverschmutzung ein deutliches Signal dafür, dass die böse Welt Satans bald von Gott vernichtet werden würde. Diese Aktion auf dem Hauptplatz war also völlig sinnlos. Niemand würde Harmagedon aufhalten können.

Eine hektische junge Frau mit langen geflochtenen Haaren und bunten Buttons auf ihrer Jeansjacke bemerkte die beiden Passanten, löste sich aus der Gruppe und stellte sich ihnen in den Weg.

»Die Welt wird bald untergehen«, sagte die Aktivistin und ihre Stimme überschlug sich fast dabei. »Die Menschheit wird nicht überleben, wenn wir so weitermachen.«

»Ja, da haben Sie recht«, stimmte ihr Monika zu.

»Wir müssen was tun.«

»Ja, genau.«

»Nimm das.« Die junge Frau drückte Monika ein Flugblatt in die Hand. »Da steht drinnen, was wir machen können.«

»Gut«, sagte Monika und zog eine *Erkenntnis!* aus ihrer Tasche, »aber nur, wenn Sie auch meine Zeitschrift nehmen. Da steht nämlich wirklich drinnen, wie wir überleben können.«

»Okay.« Die junge Frau nickte komplizenhaft.

Die beiden Frauen tauschten ihre Publikationen aus. Die Aktivistin kehrte zu ihrer Gruppe zurück und Monika setzte ihren Weg mit Jakob fort. Nach einigen Metern warf Monika das Flugblatt in einen Mülleimer. Jakob drehte sich zur Aktivistin um. Die machte dasselbe mit der Zeitschrift.

Im Stiegenhaus des Wohnblocks, der zum Dienstsektor von Monika gehörte, war es dunkel und still. Nur die Schritte von Jakob und seiner Mutter, die sich zur nächsten Tür vorarbeiteten, waren zu hören. Um diese Uhrzeit waren nicht viele Menschen zu Hause anzutreffen. Dann steckte Monika ein Traktat in den Türschlitz. Und wenn jemand die Tür öffnete, war die Reaktion meist ablehnend. Kein Interesse, keine Zeit, kein Glaube an Gott. Niemand wollte etwas von der frohen Botschaft hören. Es war gar nicht so leicht, den Menschen das Leben zu retten.

Hinter einer schmutzig weißen Wohnungstür war fürchterliches Geschrei zu hören. Monika drückte den Klingelknopf. Nach einigen Sekunden erschien eine junge Frau im Türspalt. Sie trug nur ein langes T-Shirt und hielt ein sehr kleines, sehr laut schreiendes Baby im Arm.

»Guten Tag«, versuchte Monika die Schreie zu übertönen.

Die junge Frau beruhigte das Baby mit Zischlauten und wippenden Armbewegungen, was überhaupt nicht funktionierte.

»Wünschen Sie sich nicht auch eine Zukunft ohne Sorgen für ihr Baby?«, rief Monika. »Sie wollen doch sicher das Beste für Ihr Kind, oder?

Jakob registrierte, dass die Einleitung seiner Mutter perfekt auf die Bedürfnisse der Wohnungsinhaberin abgestimmt war. Er fragte sich, ob der Schöpfer auch das unschuldige Baby in Harmagedon töten würde, falls die Mutter die Wahrheit nicht annehmen würde. Weiters fiel ihm auf, dass die Frau keinen BH trug.

»Ja, schon«, antwortete die junge Mutter unsicher.

»Dann würde ich Ihnen gerne zeigen, welche paradiesischen Pläne unser liebevoller Schöpfer schon sehr bald für uns Menschen verwirklichen wird.«

Das Baby schrie immer noch. »Ja, okay«, sagte die junge Frau fast unhörbar.

»Süsse, wer ist da an der Tür?«, bellte eine raue Männerstimme aus der Wohnung.

»Nur die Nachbarin«, rief die junge Frau zurück. Dann trat sie einen Schritt auf Monika zu. »Sie gehen jetzt besser«, raunte sie. »Mein Freund mag keine Fremden.«

»Dürfen wir ein anderes Mal wiederkommen?«, fragte Monika schnell.

Die junge Frau nickte zaghaft und schloss rasch die Tür.

Bevor sie zur nächsten Wohnung weitergingen, holte Monika eine kleine Ringmappe aus ihrer Tasche und vermerkte auf dem vorgedruckten Notizzettel hinter der Türnummer das Kürzel *RB* für *Rückbesuch*. Das nächste Mal würde sie mit einer erfahrenen Verkündigerin wiederkommen und versuchen, mit der interessierten Person ein Bibelstudium zu beginnen.

An den Türen wechselte sich Monika mit ihrem Sohn ab. Als kleines Kind hatte es noch gereicht, wenn Jakob dem

Wohnungsinhaber eine Zeitschrift oder ein Traktat hingehalten und »Bitte lesen Sie« gesagt hatte. Da zog noch der Niedlichkeitsfaktor. Jetzt wurde schon mehr von ihm erwartet.

Jakob läutete an einer Tür ohne Namensschild. Er hoffte, dass nicht plötzlich einer seiner Klassenkameraden vor ihm stehen würde. Das wäre peinlich und er wusste nicht, was er dann sagen sollte. Ein Geräusch war in der Wohnung zu hören. Jakob atmete tief durch und machte sich bereit. Ein älterer Mann mit fetten Haaren und grauen Bartstoppeln öffnete die Tür. Er trug eine schlabbrige Jogginghose und sein speckiges Unterhemd schaffte es nicht, den mächtigen Bauch vollständig zu bedecken. Der Geruch von abgestandenem Zigarettenrauch und ungewaschener Kleidung strömte aus der Wohnung.

»Guten Tag«, sagte Jakob und setzte sein eingeübtes Lächeln auf. »Wir sind heute auf der Suche nach Menschen, die sich eine glückliche Zukunft wünschen. Möchten Sie nicht auch ewig in einem friedlichen Paradies ohne Krankheiten und Tod leben?«

»Klar«, antwortete der Mann und Jakob witterte die Chance auf einen leicht verdienten Erfolg. »Das wird aber nicht passieren«, fuhr der Mann fort. »Solange es Menschen gibt, wird es Kriege und Krankheiten und Tod geben. Der Mensch ist ein Parasit, den die Erde loswerden muss.«

Das wars mit dem leicht verdienten Erfolg. Jakob wusste nicht, was er darauf entgegnen sollte und wurde nervös.

»Wissen Sie«, übernahm Monika das Gespräch, »Gott hat den Menschen versprochen, dass er sie in ein Paradies führen wird...«

»Wer ist Gott?«, unterbrach sie der Mann.

»Gott ist der Allmächtige Schöpfer, der die Erde und die Menschen erschaffen hat. Und er möchte, dass wir ein glückliches Leben auf dieser Erde führen können. Deshalb wird er alles Böse...«

»Das stimmt doch nicht. Haben Sie noch nie was vom Urknall gehört? So ist die Erde entstanden. Das ist wissenschaftlich belegt.«

»Also wir stützen uns auf die Bibel, das Wort Gottes. Dort wird genau erklärt, dass Gott die Erde als paradiesischen Ort für uns Menschen gemacht hat.« Monika fasste in ihre Handtasche und zog die dicke, schwarze Bibel hervor. »Wenn Sie möchten, kann ich Ihnen die Bibelstellen dazu gerne zeigen.«

»Können Sie Hebräisch?«, wollte der Mann jetzt wissen. »Oder Griechisch? Aramäisch?«

»Nein«, antwortete Monika etwas kleinlaut.

»Wie können Sie das dann wissen?«

Monika hielt ihre Bibel hoch. »Diese Bibel wurde direkt anhand der alten Abschriften übersetzt und unsere Organisation ist da sehr genau. Das bestätigen auch unabhängige Historiker.«

»Aha«, sagte der Mann. »Und wann soll dieses Paradies kommen?«

»Am siebten Mai. Also sehr bald.«

»Da kann ich nicht. Da spielt Österreich gegen Zypern in der WM-Quali. Aber trotzdem danke für die Einladung.«

Der Mann trat zurück in seine Wohnung und schloß die Tür. Monika und Jakob sahen sich verwundert an. Diesmal notierte Monika das Kürzel *KI* für *Kein Interesse* in ihrer kleinen Mappe.

Am Samstag wurde in der Zusammenkunft wegen Harmagedon extra das Programm geändert. Beim öffentlichen Vortrag betonte Bruder Voglhuber, wie wichtig es in den letzten Tagen sei, mit sich und dem Schöpfer ins Reine zu kommen. Man sollte seinen Lebenswandel überprüfen und sich fragen, ob noch Unzulänglichkeiten vorhanden waren, an denen man arbeiten musste. Unstimmigkeiten zwischen Glaubensgeschwistern mussten unbedingt ausgeräumt werden. Der Kontakt zu Weltlichen sollte, bis auf den Missionsdienst, abgebrochen werden. Wenn möglich, sollten Arbeitsverhältnisse gekündigt und die gewonnene Zeit für das Rettungswerk verwendet werden. Außerdem wurde empfohlen, materielle Güter zu verkaufen und seine Schulden zurückzuzahlen, damit man am großen Tag ohne Bürden vor den Herrn und Richter treten könne.

In der zweiten Stunde entfiel das Studium der aktuellen *Erkenntnis!*, stattdessen wurde eine Trainingseinheit für den Missionsdienst eingeschoben. Dabei spielten erfahrene Verkündiger den Wohnungsinhaber und die weniger erfahrenen Verkündiger mussten unterschiedliche Gesprächssituationen meistern. Jetzt standen sich Monika und Eva Bischof auf der Bühne gegenüber. Wie Jakob, beobachtete vor allem das männliche Publikum die Darbietung von Eva sehr aufmerksam. Sie hatte ihre Handtasche umgehängt und umklammerte das Mikrofon so krampfhaft, dass die Knöchel ihrer Hand weiß hervortraten.

»Ding dong.« Eva klingelte an einer imaginären Türglocke.

Vereinzeltes Lachen war im Saal zu hören.

Monika öffnete eine imaginäre Haustür. »Ja bitte?«

»Guten Tag«, sagte Eva mit einem leichten Zittern in der Stimme. »Ich komme heute mit einer frohen Botschaft zu Ihnen. Gott möchte, dass Sie glücklich sind. Er hat in der Bibel eine Anleitung dafür niederschreiben lassen, die ich Ihnen gerne zeigen möchte.«

»Tut mir leid, aber ich glaube nicht an Gott«, entgegnete Monika.

Jakob wusste, dass alles nur gespielt war. Trotzdem fand er es befremdlich, so einen verwerflichen Satz aus dem Mund seiner Mutter zu hören.

»Darf ich Sie fragen, warum Sie nicht an Gott glauben?«

»Ich glaube nur, was ich selber sehe.«

»Haben Sie schon einmal einen Stromschlag bekommen?«

»Nein.«

»Aber Sie glauben, dass es elektrischen Strom gibt?«

»Ja, natürlich.«

»Sehen Sie, genauso ist das mit Gott. Elektrischen Strom können wir nicht sehen, seine Auswirkungen sind aber sichtbar und spürbar. Der Allmächtige Schöpfer im Himmel ist auch nicht sichtbar, seine Werke auf der Erde aber schon. Jeden Tag können wir seine wunderbare Schöpfung bewundern. Und nur die Menschen, die Gott nicht gehorchen, müssen einen Stromschlag fürchten.«

»So habe ich das noch nie gesehen«, sagte Monika. »Kommen Sie doch bitte herein.«

Eva machte eine Geste zu den Zuschauern, als würde sie sich unsichtbaren Angstschweiß von der Stirn wischen. Wieder vereinzelte Lacher im Saal. Jakob fühlte ein seltsames Kribbeln in seinem Bauch.

Bruder Frank trat an das Rednerpult und in seiner modernen Lesebrille spiegelten sich die Bühnenscheinwerfer. »Vielen Dank für diese lehrreiche Darbietung. Es ist schön, deine Fortschritte zu sehen, Eva. Obwohl du eine Frau bist, hast du dich zu einem wertvollen Mitglied unserer Gemeinschaft entwickelt. Weiter so.«

Die beiden Frauen gingen von der Bühne, die Brüder und Schwestern applaudierten. Eva hob die Fäuste zu einer unangemessenen Siegerpose. Jakob musste lachen. Diese Frau war nicht nur wunderschön, sie war auch lässig. Er sah ihr hinterher, bis sie sich auf ihren Platz setzte und wunderte sich, dass der enge Rock dabei nicht aufplatzte. Durch die helle Bluse konnte er die Konturen von ihrem BH erkennen. Das Kribbeln in seinem Bauch wurde zu stark. Er musste sich ablenken und sah sich im Saal um. Sein Blick blieb bei Miriam hängen. Sie hielt die Hand ihrer Schwester Sarah, die gar nicht gesund aussah. Sie war abgemagert, ihr Gesicht war noch blasser als sonst, und unter ihrer Nase klemmte ein Sauerstoffschlauch. Jakob bemerkte, dass Miriam ihn schon wieder anlächelte. Diesmal lächelte er kurz zurück.

Noch am selben Abend setzte sich Monika mit Kugelschreiber und Papier an den Küchentisch. Sie riss die Briefbögen in zwei Hälften und begann, die kleinen Zettel mit ihrer zarten Miniaturschrift, die ausschließlich aus Großbuchstaben bestand, zu füllen.

»Was schreibst du da?«, wollte Jakob wissen.

»Einen Zeugnisbrief.«

»An wen?«

»An unsere Verwandten.«

Jakob dachte an seine Cousine, mit der er oft gespielt hatte, bis seine Tante den Kontakt zu ihrer fanatischen Schwester abgebrochen hatte. Früher waren Monika und Jakob mindestens einmal im Monat mit dem Postbus in das finstere Tal gefahren, in dem die Tante mit ihrem Lebensgefährten und ihrer Tochter lebte. Die Kinder hatten gemeinsam eine Menge Spaß gehabt, hatten Verstecken oder Fangen gespielt und im angrenzenden Bach Staudämme gebaut. Doch bei den Erwachsenen endete das Treffen früher oder später im Streit. Irgendwann hatte es der Tante dann gereicht. Sie hatte ihre Schwester hinausgeworfen, ihr Hausverbot erteilt und sich nie mehr gemeldet. Und auch alle anderen Verwandten hatten keine Lust, sich permanent von Monika bekehren zu lassen. Jede Familienfeier fühlte sich an wie ein Tanz auf einem Pulverfass, an dem die Lunte schon am Brennen war, und wenn für eine Trauung oder ein Begräbnis der Besuch einer katholischen Kirche am Programm stand, war an die anschließende Feier im örtlichen Gasthaus gar nicht mehr zu denken.

»Warum schreibst du ihnen?«, fragte Jakob seine Mutter.

»Sie müssen auch die Chance bekommen, gerettet zu werden«, antwortete Monika knapp.

Jakob wusste, dass sich die Verwandten niemals von seiner Mutter überzeugen ließen. Er würde seine Cousine im Paradies nicht wiedersehen.

HANS-JÜRGEN

Hände in gelben Gummihandschuhen tauchten suchend in das Spülwasser ein. Monika fand einen Teller in der schaumigen Brühe, rieb ihn mit dem Schwamm sauber und spülte ihn mit klarem Wasser ab. Dann reichte sie ihn an Jakob weiter, der ihn mit einem Geschirrtuch abtrocknete und auf der kleinen Ablagefläche des Kühlschranks neben der Spüle stapelte.

»Wie war die Schule?«, wollte Monika wissen, während ihre Hände zu einer weiteren Suchaktion abtauchten.

»Blöd«, antwortete Jakob und übernahm das geborgene Besteck zum Trocknen.

»Was war blöd?«

»In unserer Klasse haben alle einen Fernseher. Nur ich nicht.«

»Das haben wir doch schon besprochen. Den brauchen wir nicht. Der lenkt uns nur ab. Und im Paradies wird es sowieso keine Fernseher geben.«

»Aber alle haben einen.«

»Nur weil viele Menschen etwas machen, ist es noch lange nicht gut.«

»Aber da gibt es Tierfilme, da kann ich was über die Schöpfung lernen.«

»Wenn du was über die Schöpfung lernen willst, dann geh hinaus und schau sie dir an.«

Jakob sah aus dem Fenster und entdeckte auf der Wiese vor dem gegenüberliegenden Haus den Nachbarsjungen, dem er vor ein paar Tagen mit seinem Prophetenvater begegnet war. Er wirbelte einen schwarzen Stock, der über eine kurze Kette mit einem zweiten Stock verbunden war, in der Form einer liegenden Acht vor seiner Brust herum, ließ den einen Stock über die Schulter sausen, fing ihn unter der Achsel mit der anderen Hand auf und wiederholte den ganzen Vorgang über der anderen Schulter. Jakob wusste nicht, wofür das gut war. Aber es sah interessant aus.

»Darf ich rausgehen?«, fragte Jakob und hoffte, dass seine Mutter den Nachbarsjungen nicht bemerkt hatte.

»Du weißt genau, wie der Schöpfer über den Umgang mit Weltlichen denkt.« Natürlich hatte sie ihn bemerkt.

»Ich will mir die Schöpfung anschauen.«

»Was steht im ersten Korintherbrief fünfzehn Vers dreiunddreißig?«

»Aber du hast gesagt, ich soll rausgehen und mir die Schöpfung anschauen.«

»Lasst euch nicht irreführen. Schlechte Gesellschaft verdirbt nützliche Gewohnheiten.«

»Vielleicht ist er gar nicht schlecht. Du kennst ihn gar nicht.«

»Er ist ein Weltlicher. Wir geben uns nicht mit denen ab!«

»Bitte! Ich könnte ihm von Harmagedon erzählen.«

»Nein!«, sagte Monika jetzt in einem Tonfall, der keinen Sinneswandel in Aussicht stellte.

Jakob versuchte es trotzdem. »Bitte Mama«, flehte er.

Monikas Geduld war am Ende. »Jakob, nein!«, schrie sie ihrem Sohn ins Gesicht.

»Ich darf gar nichts!«, schrie Jakob zurück. »Ich hasse dich!« Mit Tränen in den Augen warf er das Geschirrtuch zu Boden, stürzte aus der Küche und knallte die Tür zum gemeinsamen Schlafzimmer zu.

Im Zimmer lag Jakob schluchzend auf dem Bett und stellte sich vor, wie er seine Mutter mit dem Laserstrahl aus der Kanone von *Captain Future* durch die Küche jagen würde. Der hässliche Küchenschrank würde umfallen, die alten Stühle würden durch den Raum geschleudert, das frisch gewaschene Geschirr würde in tausend Teile zerspringen. Bis seine Mutter ihm vor Angst zitternd gestatten würde, rauszugehen und mit dem Nachbarsjungen zu spielen. Aber würde sie das wirklich machen? In der Zusammenkunft hörte er immer wieder Berichte von Christen, die ihren Standpunkt selbst unter schwerer Folter nicht aufgaben. Hiob zum Beispiel. Oder die Brüder und Schwestern in den Konzentrationslagern. Seine Mutter war sicher auch so eine. Die würde lieber sterben, als eines von Gottes Geboten zu missachten.

Jakobs wütende Grübelei wurde von einem freundlichen Zwitschern unterbrochen. »Ja genau, die hat einen Vogel«, sagte er in Richtung des Käfigs, aus dem Fredi interessiert zu ihm herübersah. »Was ist denn so schlimm daran, wenn ich mit einem Weltlichen spiele?«

Monika öffnete die Tür zum Schlafzimmer. Als Jakob den Birkenzweig in ihrer Hand sah, verkroch er sich schnell unter der Bettdecke.

»Jakob, komm raus«, hörte er seine Mutter sagen. Sie war schon auf dem Weg zu seinem Bett.

»Bitte nicht!«, schluchzte er unter der Decke hervor.

»Wer seine Rute zurückhält, hasst seinen Sohn. Sprüche dreizehn Vers vierundzwanzig«, sagte Monika. Sie stand jetzt bedrohlich nah am Bett.

»Bitte Mama, ich mach das nicht mehr!«

»Du darfst nicht respektlos zu mir sein.«

»Ja, ich weiß.« Jakob versuchte reuevoll zu klingen und seine Mutter milde zu stimmen. »Ich mach es auch nicht mehr. Ich verspreche es.«

»Gut«, sagte Monika in versöhnlichem Ton, »aber Strafe muss sein. Also komm bitte raus.«

Jakob verstärkte den Griff um die Enden der Decke. Nachdem er keine Anstalten machte, den Schutz seiner dunklen Höhle aufzugeben, packte Monika die Decke und riss sie ihm mit einem Ruck vom Körper.

Jakob kauerte auf dem Bett und sah die Rute mit panischem Gesichtsausdruck an. »Bitte nicht.«

»Die Hose!«, befahl Monika.

Jakob spürte einen Klos im Hals und begann zu weinen. Er wusste, dass er sie jetzt nicht mehr von ihrem Vorhaben abbringen konnte. Wie in Zeitlupe stand er auf und zog seine Hose hinunter.

»Die Unterhose auch.«

Jakob drehte sich um und zog die Unterhose bis zu den Knien hinunter. Monika holte zum Schlag aus. Als die Rute auf dem nackten Hintern auftraf, schrie Jakob laut auf. Wimmernd vor Schmerz wartete er mit zusammengekniffenen Augen auf den nächsten Schlag. Unendliche Sekunden vergingen. Als der zweite Schlag nicht kam, sah er sich zu seiner Mutter um. Monika stand da und starrte die Rute an. Sie war in der Mitte auseinandergebrochen.

Jakob wischte sich die Tränen aus dem Gesicht. »Das ist ein Zeichen«, sagte er mit erstickter Stimme. »Der Schöpfer will nicht, dass du mich bestrafst. Weil ich von ihm auserwählt bin.«

Jakob zog seine Hose hoch. Monika sah ihren Sohn an, als hätte der gerade das Rote Meer geteilt. Dann drehte sie sich um und schlich wortlos aus dem Zimmer.

In den darauffolgenden Tagen sah Jakob den Nachbarsjungen immer wieder im Hof oder auf dem Spielplatz. Gerne hätte er ihn angesprochen, doch nach dem Anfall seiner Mutter traute er sich das nicht. Am Donnerstag war es dann soweit. Jakob war alleine zu Hause. Monika war mit Eva in den Missionsdienst gegangen und er hatte vorgegeben, noch Hausaufgaben machen zu müssen. Seine Mutter würde mindestens zwei Stunden weg sein, vielleicht sogar drei. Und der Nachbarsjunge war im Hof. Diesmal übte er Tricks mit einem Fußball. Jakob sah ihm vom Küchenfenster aus zu und dachte noch einmal über die Folgen nach, die ihm blühten, wenn seine Mutter ihn erwischen sollte. Sie würde ihn vor dem anderen Jungen anschreien und ihn ins Haus zerren. Die Prügel wären dann sein geringstes Problem. Doch was sollte schon passieren? Das Missionsdienstgebiet von Monika lag weit genug von der Siedlung entfernt. Sie würde nicht so schnell zurückkommen. Und er würde aufpassen.

Vor der Eingangstür tat Jakob so, als würde er sich nur zufällig im Hof nach möglichen Spielkameraden umschauen. Er blinzelte in die Sonne und wartete, bis der Nachbarsjunge ihn bemerkte. Dann gab er sich einen Ruck, sah sich noch einmal nach allen Seiten um und ging über die Straße auf ihn zu.

»Hallo, ich bin der Jakob«, sagte er und hielt ihm die Hand hin.

Der Junge stellte einen Fuß auf den Ball und musterte ihn. »Hans-Jürgen«, sagte er dann, ohne den Handschlag anzunehmen.

Jakob ließ die Hand sinken. »Darf ich mitspielen?« fragte er freundlich und setzte sein Missionsdienstlächeln auf.

Hans-Jürgen überlegte. »Wenn du dich traust, bei der Hausmeisterin zu schellen«, antwortete er mit einem eigenartigen Akzent, den Jakob noch nie gehört hatte.

»Was soll ich machen?«, fragte Jakob nach.

»Bei der Hausmeisterin klingeln.«

»Ach so, ja, das kann ich machen.«

»Und ihr sagst, dass sie einen fetten Arsch hat.«

Jakob spürte wieder einmal die Hitze in seinem Kopf aufsteigen. »Nein, dass sag ich nicht.«

»Gut, dann nicht.« Hans-Jürgen kickte den Ball leicht von sich und wandte sich zum Gehen.

»Ich sag, dass sie dick ist«, schlug Jakob schnell vor, um seinen potentiellen Spielkameraden nicht wieder zu verlieren.

Hans-Jürgen drehte sich zu Jakob um. »Das ist zu wenig«, sagte er. »Eine fette Kuh.«

»Eine dumme Kuh.«

»Geht klar.«

Jakob drehte sich entschlossen um und ging zur Eingangstür des Gemeindebaus Nummer vier, in dem die Hausbesorgerin residierte. Hans-Jürgen folgte ihm mit dem Ball unter dem Arm in sicherer Entfernung. An fremden Türen zu läuten war für Jakob kein Problem. Trotzdem zögerte er, als er vor der Sprechanlage stand. Er sah sich zu Hans-Jürgen um. Der forderte ihn mit einem stummen Kopfnicken auf, seinen Teil der Abmachung zu erledigen. Jakob atmete tief ein, hielt die Luft an und drückte den Klingelknopf.

Nach wenigen Sekunden meldete sich eine krächzende Stimme aus der Sprechanlage. »Ja?« fragte die Hausmeisterin.

»Sie sind eine dumme Kuh«, sagte Jakob mit verstellter Stimme und stieß dabei die angestaute Luft aus.

»Das ist ja die Höhe«, rief die Hausmeisterin durch den Lautsprecher.

»Und sie sind fett«, fügte Hans-Jürgen hinzu, der nun auch an die Sprechanlage getreten war.

»Ihr Rotzlöffel«, schimpfte die krächzende Stimme zurück.

»Sie haben einen fetten Hintern«, ergänzte Jakob mit tiefer Stimme und kicherte in sich hinein.

»Er meint einen fetten Arsch«, korrigierte Hans-Jürgen und kicherte ebenfalls.

Die beiden Jungen liefen lachend davon.

»Wartet nur! Euch erwisch ich schon noch!«, hörten sie die Hausmeisterin aus der Sprechanlage noch drohen.

Am Spielplatz gab es eine freie Fläche mit zwei Metalltoren, von denen bereits die Farbe abblätterte. Hans-Jürgen dirigierte Jakob an das andere Ende des Platzes, ließ den Ball fallen, fing ihn mit dem Fußspann auf, balancierte ihn einige Sekunden darauf und passte ihn dann zu seinem Mitspieler. Als der Ball direkt vor Jakobs Füßen ankam, kickte der ihn mit voller Kraft zurück, ohne ihn zu stoppen. Der Ball sauste in hohem Bogen an Hans-Jürgen vorbei und landete in einem Gebüsch.

»Tschuldigung«, sagte Jakob und hob die Hände zu einer entschuldigenden Geste.

»Nicht so fest«, sagte Hans-Jürgen, während er versuchte, den Ball aus dem dichten Gestrüpp zu fischen. »Und das nächste Mal vorher stoppen.«

Wieder kam ein präziser Pass von Hans-Jürgen. Diesmal stoppte Jakob den Ball und kickte ihn mit weniger Kraft zurück. Der Ball rollte trotzdem in eine völlig falsche Richtung. Hans-Jürgen holte den Ball zurück und kam damit auf Jakob zu.

»Du spielst nicht so oft Fußball, was?«

»Doch«, log Jakob. »Aber ich hab schon länger nicht mehr gespielt.«

»Warum nicht?«

Was sollte er darauf sagen? Seine Mutter wollte nicht, dass er mit weltlichen Kindern spielte? Er hatte keine Zeit, weil die Welt bald untergehen würde und er Menschen retten musste? »Ich hab mehr gebastelt in letzter Zeit«, sagte er schließlich. Er wollte seinen neuen Freund auf keinen Fall mit der Wahrheit verschrecken.

»Was bastelst du so?«, wollte Hans-Jürgen wissen.

»Im Moment bau ich das Raumschiff von Captain Future nach.«

»Das fetzt. Kann ich das mal angucken?«

Verdammt. Wieder ein Vorschlag, den er nicht annehmen konnte. »Das geht leider nicht«, sagte er. »Meine Mutter will das nicht.«

»Was will sie nicht? Das jemand das Raumschiff anguckt?«

»Das andere mit zu mir kommen.« Jetzt war es raus. Aber es war nicht so schlimm, viele Kinder hatten eigenartige Eltern. Jakob hoffte, dass Hans-Jürgen mit dieser Erklärung zufrieden sein würde.

»Ist das wegen eurer komischen Religion?«

Das hatte Jakob nicht erwartet. »Woher weißt du das?«, fragte er und starrte ihn dabei an, als würde der Heilige Geist persönlich über seinem Kopf schweben.

»Jeder in der Siedlung weiß das«, sagte Hans-Jürgen und zuckte mit den Schultern.

Jakob war sprachlos. Er wusste nicht, was er darauf sagen sollte. Oder wie er die Situation retten konnte.

»Aber egal.« Hans-Jürgen übernahm die Rettungsaktion. »Ich kann dir das Fußballspielen beibringen. Ich kann dein Trainer sein. Franz Beckenbauer«, lachte er und klopfte sich auf die Schulter.

»Ja, okay«, stimmte Jakob etwas verdutzt über die erfreuliche Wendung zu.

Hans-Jürgen legte den Ball so behutsam vor Jakobs Füße, als würde er einen heiligen Gegenstand platzieren. »Dann üben wir jetzt das Passen«, erklärte er mit dem Ernst eines Nationaltrainers. »Immer erst den Ball stoppen. Dann mit dem Innenrist möglichst genau zu mir spielen.«

»Was ist der Innenrist?«, fragte Jakob kleinlaut.

Hans-Jürgen zeigte Jakob die Innenseite seines Fußes und wie er damit den Ball treffen musste. Dann ging er rückwärts zum anderen Ende des Platzes und wartete auf den Schuss. Jakob holte aus, traf den Ball mit dem Innenrist und passte ihn direkt vor die Füße seines Trainers.

»Sehr gut!«, rief Beckenbauer. »Genau so.«

Wenn Jakob in seine Bastelarbeit vertieft war, vergaß er alles rund um sich. Er tauchte in eine Welt ein, in der Zeit und Raum keine Rolle mehr spielten. So war es auch mit Hans-Jürgen. Mit ihm hatte er es in die rauschhafte Parallelwelt der unbeschwerten Kindheit geschafft. Eine Welt, die völlig anders war als die streng geregelte Religionswelt, in die er sich sonst einfügen musste. Jakob dachte nicht an den Schöpfer, Harmagedon oder das Paradies. Er kümmerte sich nicht um Regeln, Verbote oder Strafen. Er verlor sich völlig im Spiel mit seinem neuen Freund, und genoß es. Nichts anderes war im Moment von Bedeutung. Auch nicht die Zeit.

Irgendwann tauchte Monika mit Eva am Rand des Spielplatzes auf. Jakob wurde aus der Parallelwelt gerissen und erstarrte. Er hatte die Zeit übersehen. Die alte Religionswelt war wieder da und wollte ihn zurück.

»Jakob, komm sofort her!«, rief Monika über den Platz.

Jakob wechselte einen entschuldigenden Blick mit Hans-Jürgen und trottete zu seiner Mutter.

»Was hab ich dir über den Umgang mit Weltlichen gesagt?«, bellte sie ihren Sohn an.

Jakob sah betreten zu Boden. »Geh weg! Du zerstörst schon wieder alles«, hätte er ihr am liebsten ins Gesicht geschrien. Vor Hans-Jürgen und Eva wollte er sich so aber nicht zeigen und sagte deshalb lieber nichts.

»Sei nicht so streng mit ihm«, kam ihm Eva zu Hilfe. »Er ist doch noch ein Kind.«

Jakob schaute zu Eva auf. So sah sie ihn also. Als Kind. In dem Moment wünschte er sich, erwachsen zu sein. Dann würde er seine Mutter zum Teufel jagen und mit Eva ein neues Leben beginnen.

»Auch Kinder müssen dem Schöpfer gehorchen, wenn sie ins Paradies kommen wollen«, sagte Monika streng.

»Aber er hat doch nichts Schlimmes gemacht«, erwiderte Eva. »Er ist alt genug, er weiß schon was richtig und falsch ist. Oder, Jakob?« Eva zwinkerte ihm zu.

Alle Zweifel waren ausgeräumt. Jakob war sich sicher. Eva hatte einen Stand auf ihn. Die Hitze im Kopf war wieder da, und das Kribbeln im Bauch ebenfalls.

»Du kommst jetzt mit hinein.« Der Ton von Monika war jetzt schon etwas weniger streng.

»Dann spielen wir eine Runde *Jakob-ärgere-dich-nicht*«, sagte Eva zu Jakob, dessen Kopf noch immer glühte.

Die beiden Frauen drehten sich um und gingen zu den farblosen Gebäuden, die den Spielplatz wie stumme Beobachter umringten. Jakob sah sich noch einmal zu seinem neuen Freund um. Er wollte ihm zum Abschied winken, doch Hans-Jürgen hob den heiligen Ball auf und ging weg, ohne Jakob zu beachten.

AUFERSTEHUNG

Die Brüder und Schwestern lächelten. Monika und Eva lächelten. Sogar Karl lächelte. Markus Frank und seine Frau Veronika lächelten, gleichzeitig liefen Tränen über ihre Wangen. Vor dem rechteckigen Loch im Boden stand einer kleiner, schlichter Kindersarg.

Die Begräbnisansprache hielt natürlich Bruder Voglhuber. »Wir verabschieden uns heute für eine Weile von der kleinen Sarah«, sagte er und es klang so, als würde sie nur kurz ins Ferienlager fahren. »Wie Lazarus wartet die junge Dienerin nun an einem sicheren Ort auf den großen Tag der Vergeltung. Schon bald wird sie wieder unter uns sein, denn gemäß Jesaja Kapitel fünfundzwanzig Vers acht wird der Schöpfer den Tod für immer verschlingen. Er wird die Ungerechten auf der Erde vernichten, die Toten auferwecken, und die Auserwählten in das ersehnte Paradies führen. Und wir gehören zu diesen Auserwählten, auch die kleine Sarah.«

Während Bruder Voglhuber sprach, trat Jakob unruhig von einem Bein auf das andere. Wieder einmal hatte seine Blase einen äußerst ungünstigen Zeitpunkt für eine Entleerung ausgewählt. Er versuchte sich abzulenken, indem er die kleinen blauen Blüten der Vergissmeinnicht-Inseln zählte, die rund um das Grab wuchsen. Das Vergissmeinnicht war seine Lieblingsblume. Wenn der lange Winter vom Frühling abgelöst wurde, die zarten Frühlingsblumen aus dem kalten Boden sprießten, die Vögel ihr fröhliches Gezwitscher anstimmten, dann erwachte auch in Jakob ein seltsames Hochgefühl. Es war nicht so, dass er den Winter nicht mochte. Er liebte es, mit dem Schlitten den Rodelhügel hinunterzurasen, Schneemänner zu bauen und auf dem Tennisplatz, der im Winter in eine Eisfläche verwandelt wurde, eiszulaufen. Aber der Frühling war anders. Er konnte dieses Glücksgefühl nicht erklären. Es war irgendwie so, als würde sich die Welt um ihn herum neu erfinden und er zu einem neuen Menschen werden. Eine heftige Unternehmungslust packte Jakob. Am liebsten wäre er losgelaufen, hätte alle Vergissmeinnicht gepflückt und sie als Trost an die traurig lächelnde Gesellschaft verteilt. Er fand es ziemlich passend, das ausgerechnet diese Blumen das Grab von Sarah umrahmten. Vergiss mich nicht. Der Schöpfer würde Sarah nicht vergessen. Ebenso wenig, wie Jakob sein Blasenproblem vergessen konnte. Das Zählen der Blüten hatte einige Minuten funktioniert, doch jetzt konnte er dem Druck nicht mehr standhalten. Mit kurzen, unauffälligen Schritten entfernte er sich rückwärts von der Gruppe. Als er der Meinung war, dass ihn niemand mehr bemerken würde, schlich er sich zu einer Baumgruppe am Rand des Friedhofs.

Endlich konnte er sich hinter einem Baum erleichtern. Sein Gesichtsausdruck entspannte sich. Plötzlich bemerkte er eine flüchtige Bewegung im Augenwinkel und riss den Kopf herum. Miriam sah ihm seelenruhig beim Pinkeln zu. Der Schrecken fuhr wie ein Blitz durch Jakob. Er drehte sich schnell von Miriam weg, unterbrach den Strahl und packte hastig seinen Penis weg. Dabei spürte er, wie einige Tropfen in die Hose gingen.

»Was machst du da?«, flüsterte er so vorwurfsvoll wie möglich.

»Ich wollte nur mal sehen, wie das bei Buben ausschaut«, antwortete sie, als wäre es das Normalste von der Welt, jemandem beim Wasserlassen zuzusehen. »Willst du nicht wissen, wie das bei einem Mädchen ausschaut?«

Jakob wusste nicht, was er darauf sagen sollte. Er war verwirrt. Warum sollten sich Mädchen und Buben beim Pinkeln zuschauen? Das war doch grauslich.

»Wir müssen zurück«, flüsterte er schließlich.

»Warum?«

»Deine Schwester ist gestorben.«

»Na und?«

»Bist du gar nicht traurig?«

»Warum? Sie wird doch eh bald wieder auferstehen.«

Jakob versuchte sich vorzustellen, wie so eine Auferstehung aussehen könnte. Wie sollte das funktionieren? Die Sarah war unter einer meterdicken Schicht Erde begraben. Wenn sie im Sarg aufwachte, wie würde sie da rauskommen? Sie konnte nicht einmal den Deckel öffnen. Vielleicht musste man sie vorher wieder ausgraben. Wenn man nicht schnell genug war, würde sie ersticken. Und dann wieder auferstehen? Warum wurde sie jetzt überhaupt begraben?

Man könnte die Leiche doch einfach bis Harmagedon in einer Kühltruhe lagern.

»Warum ist sie eigentlich gestorben?«, wollte Jakob wissen. »So kurz vor Harmagedon.«

»Leukämie«, antwortete Miriam. »Sie hätte Blut gebraucht und … der Schöpfer hat das ja verboten.«

Während die beiden zum Begräbnis zurückschlichen, dachte Jakob über die letzte Aussage nach. Er konnte nicht verstehen, warum der Schöpfer, der ja allmächtig war, Sarah nicht noch die paar Tage bis Harmagedon am Leben gelassen hatte.

Jakob und Miriam stellten sich unauffällig an den Rand der Gruppe. Anscheinend hatte niemand ihre Abwesenheit bemerkt. Bruder Voglhuber war noch immer am Reden. Seine Ansprachen dauerten immer ewig. Eine gefühlte Stunde später war die Zeremonie endlich zu Ende. Jakob pflückte einen Strauß Vergissmeinnicht und warf ihn zu Sarah ins Grab. Damit sie gleich was Schönes sieht, wenn sie auferweckt wird.

Die Brüder und Schwestern verließen den Friedhof in kleinen Gruppen. Monika beschleunigte ihren Schritt und holte zu Bruder Petrovic auf, der alleine auf den Parkplatz zusteuerte. Jakob hastete hinterher.

»Walter«, sagte seine Mutter, als sie bei ihrem Zielobjekt angekommen war, »ich wollte dich fragen, ob du mit mir einmal in den Missionsdienst gehen möchtest.«

Walter sah sie verwundert an. »Ja, gerne«, sagte er etwas zögernd. »Ich hab nur meinen Kalender nicht mit. Vielleicht können wir bei der nächsten Zusammenkunft was ausmachen?«

Monika strahlte über das ganze Gesicht. »Ja, gern. Das würde mich freuen.«

»Gut. Bis dann.« Walter lächelte höflich und ging zu seinem Auto.

»Bis dann«, sagte Monika und winkte ihm nervös hinterher.

Jakob wunderte sich, dass seine Mutter ausgerechnet mit Bruder Petrovic missionieren gehen wollte. Eigentlich gingen immer nur Frauen mit Frauen, oder Männer mit Männern in den Missionsdienst. Außer sie waren ein verheiratetes Paar. Wenn ein lediger Bruder und eine ledige Schwester zusammen in den Dienst gingen, hieß das meistens, dass sie bald heiraten würden. Gut, Walter war ein netter Typ, immer gut gekleidet, und um einige Jahre jünger als seine Mutter. Aber er hatte ein Auto. Einen senfgelben *Opel Kadett.* Das war zwar kein Alfa, aber immerhin.

Samstag war Markttag. Auf dem Hauptplatz hatten Bauern aus der Umgebung ihre Stände aufgebaut, an denen sie ihre eigenen Erzeugnisse anboten. Normalerweise kaufte Monika um diese Zeit Obst und Gemüse für die kommende Woche ein und Jakob begleitete sie. Sie gingen immer zu einem bestimmten Stand, wo er von der netten Bäuerin eine gekochte Rote Rübe geschenkt bekam, die er sofort verspeiste. Doch heute war er mit seiner Mutter nicht zum Einkaufen hier. Die beiden standen an der Ecke neben der Tabaktrafik, an der die meisten Passanten vorbei mussten, und hielten Ausgaben der aktuellen *Erkenntnis!* gut sichtbar vor ihrer Brust aufgefächert. Straßendienst war für Jakob das Allerschlimmste. Die Chance, dass hier jemand aus der Schule oder der Siedlung vorbeikam, war besonders hoch. Diese Art von Missionsdienst war ein einziges Bangen, dass er von jemandem gesehen wurde, der ihn kannte und ihn später dafür verarschen würde.

Obwohl die Schlagzeile der Titelseite unmissverständlich auf das nahende Ende der Welt hinwies, beachteten nur wenige Menschen die beiden Verkündiger. Die meisten sahen in eine andere Richtung, vermieden Augenkontakt und machten einen großen Bogen um Monika und Jakob. Niemand wollte eine *Erkenntnis!* haben oder gar in ein Gespräch hineingezogen werden. Jakob war das gar nicht so unrecht.

Monika winkte jemandem zu. Eva schlängelte sich quer über den Platz an den Marktständen vorbei und kam atemlos bei ihnen an. Sie trug ein kurzes Sommerkleid, das ihre gute Figur besonders vorteilhaft betonte. Jakob hielt den Atem an.

»Tut mir leid, dass ich so spät bin«, sagte sie und schüttelte Monika die Hand. »Aber ich hab meine Tage bekommen. Und das ist immer heftig, es fließt und fließt und hört nicht auf, wie das Rote Meer, das Aaron geteilt hat.«

»Das war Moses«, korrigierte Monika.

»Was?«

»Moses hat das Rote Meer geteilt.«

»Ja, genau.«

Eva wandte sich zu Jakob und schüttelte auch ihm die Hand. »Hallo junger Mann«, sagte sie und schenkte ihm das schönste Lächeln der Welt.

Jakob spürte, wie ihm das Blut in den Kopf schoß. »Hallo«, erwiderte er und sah verlegen zu Boden.

»Willkommen zu deinem ersten Straßendienst«, sagte Monika und warf Eva ein ermunterndes Lächeln zu.

»Danke, dass du mich mitnimmst. Ohne dich würde ich das nie schaffen, ich würde in Ohnmacht fallen. Dann würde ich da liegen, so.« Eva verdrehte die Augen, ließ ihre Zunge heraushängen und verkrampfte die Hände.

Jakob musste lachen.

Monika lächelte nur milde. »Ist das Kleid neu?«, wollte sie jetzt wissen und es klang, als würde man ein Kind nach der zerbrochenen Fensterscheibe fragen.

»Ja. Gefällt es dir?«, antwortete Eva begeistert.

»Es ist … findest du nicht, dass es etwas zu aufreizend ist?«

»Ist es zu kurz?« Eva bückte sich und versuchte, das Kleid weiter über die Knie zu ziehen. Dabei konnte Jakob in ihren tiefen Ausschnitt schauen. Sein Herz blieb beinahe stehen, als er den gemusterten, halbdurchsichtigen BH hervorblitzen sah.

»Du sendest damit die falschen Signale«, erklärte Monika. »Ich werde dir das nächste Mal einen Rock von mir mitbringen.«

Eva zupfte an ihrem Kleid herum und versuchte, es noch weiter nach unten zu ziehen. Jakob stellte sich auf die Zehenspitzen, um einen noch besseren Blick in ihren Ausschnitt zu bekommen. Jetzt konnte er auch ganz deutlich den Ansatz ihrer Brüste erkennen.

Nachdem sich das widerspenstige Kleid nicht wirklich verlänger ließ, zog Eva einige Zeitschriften aus ihrer Handtasche, schaute zu Monika und fächerte sie ebenso in der Hand auf wie ihre Mentorin. »Passt das so?«

»Sehr gut. Keine Angst, du kannst das. Du hast das alles beim Bibelstudium gelernt.«

»Boah, ist das peinlich«, sagte Eva und verdrehte die Augen.

»Das muss dir nicht peinlich sein«, beruhigte sie Monika. »Für mich war das am Anfang auch schwer. Aber der Schöpfer gibt dir die Kraft.«

Jakob konnte sich nicht vorstellen, dass so jemand wie Eva freiwillig zur Wahrheit gekommen, und auch dabei geblieben war. Sie benahm sich ganz anders als die übrigen Gläubigen. Sie war nicht so streng und ernst, sie war einfach lässiger und auch ein bisschen verrückt. Wie ein bunter Vogel, der mit grauen Mäusen in einen Käfig gesperrt worden war. Sie konnte sich auch viel mehr erlauben als andere. Wahrscheinlich waren die Ältesten nachsichtig, weil sie vorher eine Weltliche war. Jakob wusste, dass Eva von seiner Mutter beim Missionsdienst gefunden worden war und daraufhin mit Petra Voglhuber die Bibel studiert hatte. Während des Bibelstudiums freundete sie sich mit Monika an und letzten Sommer ließ sie sich zur Freude aller beim großen Bezirkskongress in Graz taufen. Da hatte Jakob sie das erste Mal im Badeanzug gesehen. Seitdem ging ihm das Bild nicht mehr aus dem Kopf.

Jetzt, wo Eva an der Ecke stand, war das Interesse der Passanten deutlich größer geworden. Vor allem das der Männer. Ein junger Mann lächelte Eva im Vorbeigehen an.

»Ewiges Leben! Gratis!«, rief Eva ihm hinterher.

Der junge Mann blieb stehen, drehte sich um, und ging langsam auf Eva zu. »Kennen wir uns nicht?«, fragte er und grinste schmutzig.

»Das glaub ich nicht«, antwortete Eva.

»Warst du nicht immer im *Ruck Zuck*?«

»Nein, sicher nicht.«

»Doch, du hast es mit meinem Kumpel am Klo getrieben«, lachte der Mann. »Das warst du, ich bin mir sicher.«

Evas Blick verfinsterte sich. »Verzieh dich«, zischte sie dem Mann zu.

»Ja, ja, reg dich ab«, sagte der Mann und ging grinsend davon.

»Arschloch«, schimpfte Eva ihm hinterher.

Jakob verstand gar nichts. Er hatte Eva noch nie so böse gesehen. Was hatte sie mit dem Kumpel am Klo getrieben?

Monika legte Eva eine Hand auf die Schulter. »Lass dich nicht entmutigen«, sagte sie. »Du machst das gut.«

»Männer.« Eva schüttelte den Kopf. »Die wollen immer nur das eine.«

»Nicht alle«, belehrte sie Monika. »Es gibt doch in unserer Versammlung ein paar ganz liebe und eifrige Brüder. Ist da keiner dabei, der dich interessiert?«

Jakob blieb die Luft weg. Er sah Eva gespannt an.

Sie überlegte. »Den Walter find ich ganz sexy«, sagte sie dann wie eine gelangweilte Kundin, die sich ein Kleid ansah, das sie eigentlich gar nicht kaufen wollte.

Irgendwas in Jakobs Magen verkrampfte sich.

Monika starrte geradeaus und sagte nichts mehr.

»Was ist eigentlich mit dem Vater von Jakob?«, durchbrach Eva die unangenehme Stille.

Nach dem Schock brauchte Monika einige Sekunden, um zu sich zu kommen. »Das war eine einmalige Geschichte«, antwortete sie geistesabwesend. »Wir haben keinen Kontakt.«

»Ein One-Night-Stand?«

»Ein was?«

»Egal. Er kennt seinen Vater also gar nicht?«

»Nein.«

»Aha.« Eva merkte, dass Monika nicht gerne über ihre weltliche Vergangenheit sprach.

Jakob nahm sich vor, mehr über seinen Vater herauszufinden.

In der kleinen Ein-Zimmer-Wohnung, die Monika vor ein paar Jahren von der Stadtgemeinde zugeteilt worden war, gab es nicht viele Versteckmöglichkeiten. In der Küche war Monika mit Wäschewaschen beschäftigt. Also startete Jakob seine Suche im gemeinsamen Schlafzimmer, das tagsüber auch als Wohn-, Spiel- und Bastelzimmer diente. Jakob öffnete die Kommode unter dem Vogelkäfig und durchsuchte die Stapel an religiösen Zeitschriften und Büchern, die seit dem Einzug dort lagerten. Er öffnete die Laden, in denen sich allerlei Kleinkram angesammelt hatte, und fand auch dort keine Hinweise. Als nächstes nahm er sich den Kleiderschrank vor. Er schaute hinter den Stapeln von Wäsche nach, durchwühlte die Unterwäschelade seiner Mutter und kletterte auf die Einlegeböden, um die oberen Fächer zu durchsuchen. Nichts. Jakob sah sich ratlos im Zimmer um. Im Ölofen konnte nichts sein. Das alte Klappsofa, das sich abends in Monikas Bett verwandelte, hatte unten einen Stauraum, in dem sie die Bettwäsche aufbewahrte. Dort konnte auch nichts sein. Oder doch? Jakob ging zum Sofa, zog die grob gewebte Sitzfläche nach vorne und klappte sie hoch, bis sie mit einem Klicken einrastete. Ein modriger Geruch schlug ihm entgegen. Er kniete sich hin, schob die Bettwäsche zur Seite und suchte den linken Teil des Bettkastens gründlich ab. Nichts. Dann rutschte er auf die rechte Seite und wühlte dort weiter. In der hintersten Ecke des Kastens lag etwas. Er fasste hinein und brachte eine Bildertasche mit dem Logo eines Fotogeschäfts ans Tageslicht. Jakob spürte, wie sein Herz raste. Hastig öffnete er den Umschlag und zog einen Stapel Fotos heraus.

Das erste Foto zeigte eine jüngere Monika mit weißer Bluse und weinroter Weste an der Rezeption eines Hotels. Jakob wusste, dass seine Mutter vor seiner Geburt in einem Hotel in irgendeinem noblen Schigebiet gearbeitet hatte. Das nächste Foto zeigte Monika inmitten einer Gruppe von Männern und Frauen, die alle dieselbe Uniform des Hotels trugen. Das mussten die Arbeitskollegen gewesen sein. Am darauffolgenden Bild war ein junger Mann in Jeans und weißem Hemd zu sehen, der lässig vor einem Reisebus posierte. Er trug einen dünnen Schnauzbart, seine Haare waren vorne zu einer Stehfrisur aufgestellt, hinten fielen sie ihm bis auf die Schultern. Jakob wusste nicht, wer dieser Mann war. Aber er hatte eine Ahnung. Er versuchte sich das Gesicht des Mannes einzuprägen und studierte die Aufnahme so gründlich, als müsste darauf ein versteckter Hinweis zu finden sein. Als seine Nachforschungen keinen weiteren Erfolg brachten, wechselte er zum nächsten Foto und erschrak. Darauf war wieder seine Mutter zu sehen. Mit einer Zigarette in der Hand. Sie saß vergnügt in einem Gasthaus und blies Rauch aus dem Mund. Vor ihr auf dem Tisch stand ein gefülltes Weinglas.

In dem Moment kam Monika ins Schlafzimmer und hängte einen langweiligen Rock an einem Kleiderbügel zum Trocknen an der Tür auf. Dabei summte sie eine Melodie, die Jakob von den Zusammenkünften kannte. Als Monika ihren Sohn mit den Fotos vor dem Sofa hocken sah, verstummte sie.

»Was machst du da?«, fragte sie und es klang nicht sehr freundlich.

»Ich schau mir die Fotos an.« Jakob versuchte es so zu sagen, als wäre das nichts Verbotenes.

Monika streckte ihre Hand aus und raste auf Jakob zu. »Gib die her!«

Jakob ging in Deckung und hielt ihr die Fotos hin. Monika riss ihm den Stapel aus der Hand und stürzte aus dem Zimmer. Jakob wartete einige Augenblicke, dann schlich er in die Küche.

Die Fotos lagen in der Spüle. Monika suchte irgendwas in einer Schublade der Küchenkommode. Sie kramte hektisch ein Feuerzeug hervor, ging zur Spüle und zündete jedes einzelne Foto an. Jakob stand in der Tür und sah zu, wie die Gesichter auf den Fotos von den Flammen verzehrt wurden.

»Der Mann vor dem Reisebus, ist das mein Papa?«, fragte Jakob vorsichtig.

»Das ist Vergangenheit«, antwortete Monika emotionslos. »Wir müssen in die Zukunft schauen.«

»Ja, aber ist das mein Papa?«

»Ja.«

»Warum verbrennst du das Foto?«

»Er ist ein schlechter Mensch. Mit dem wollen wir nichts zu tun haben. Und außerdem kriegst du bald einen neuen Papa.«

Mit einem Wasserstrahl spülte Monika die letzten Reste ihrer Vergangenheit den Abfluss hinunter.

DIDI

Die Schüler der 2B hatten sich in einer ordentlichen Reihe am blank polierten Parkett des Turnsaals aufgestellt. Sie trugen keine Turnkleidung, denn heute musste statt Dauerlauf, Geräteturnen und Völkerball für den Staatsfeiertag geübt werden. Herr Jäger drückte eine Taste am Kassettenrekorder. Die ersten Takte der Bundeshymne erfüllten den Saal. Der Lehrer hob die Hände und auf sein Zeichen stimmten die Schüler eine ohrenbetäubende Disharmonie an.

»Land der Berge, Land am Strome,
Land der Äcker, Land der Dome,
Land der Hämmer, zukunftsreich!
Heimat bist du großer Söhne,
Volk, begnadet für das Schöne ...«

Herr Jäger unterbrach die Darbietung mit einer Geste und stoppte die Wiedergabe des Kassettenrekorders. Die Schüler verstummten.

»Feldhofer!«, bellte er im Ton eines Bundesheeroffiziers. »Vortreten!«

Jakob trat einen zögerlichen Schritt nach vorne. Er wusste, was jetzt kommen würde. So gut kannte er den Jäger schon.

Der Lehrer baute sich vor ihm auf. »Warum singst du nicht mit?«

»Mein Glaube verbietet das«, antwortete Jakob so leise, dass er kaum zu hören war.

»Wir können dich nicht hören!«

»Mein Glaube verbietet es«, sagte Jakob etwas lauter.

»Dein Glaube verbietet das Singen?«

»Nur die Hymne.«

»Kannst du mir auch erklären, warum du die Hymne nicht singen darfst?«

»Weil wir kein Teil der Welt sind. Wir dürfen nur Gott anbeten.«

»Aber du bist Teil dieses Landes. Du bist doch österreichischer Staatsbürger, oder?«

»Ja, schon.«

»Dann musst du die Hymne singen.«

»Das darf ich nicht.«

»Was passiert denn, wenn du mitsingst? Kommst du in die Hölle?«

Der Jäger hatte keine Ahnung. Sollte er ihm sagen, dass es keine Hölle gab? Und dass er bald sterben würde? »Gott vernichtet die Menschen, die ihm nicht gehorchen«, erklärte er stattdessen.

»Er vernichtet sie?«, fragte der Lehrer so, als hätte er seinen Schüler nicht richtig verstanden.

»Ja. Am siebten Mai.«

»Warum gerade am siebten Mai?«

»Am siebten Mai kommt Harmagedon. Da werden alle bösen Menschen getötet.« Jakob malte sich aus, wie der Jäger von einem Blitz getroffen wurde und rauchend umfiel.

»Wer sagt das?«

»Gott.«

»Gott spricht mit dir?«

Einige Schüler lachten.

Jakob spürte die Hitze in seinem Kopf aufsteigen. »Es steht in der Bibel«, antwortete er aufgebracht. Jetzt fühlte er sich wie ein echter Kämpfer für die Wahrheit. Ein Anflug von Stolz keimte in ihm auf.

»Willst du damit sagen«, bohrte der Lehrer nach, »dass am siebten Mai alle hier im Saal getötet werden, nur du nicht?«

Der Stolz war verschwunden. Jakob zögerte. Dann nickte er. Das Gelächter wurde lauter. Herr Jäger brachte seine Schüler mit einer Handbewegung zum Schweigen.

»Wenn du nicht mitmachst, dann wartest du vor der Tür«, sagte er, und wies ihn mit der ausgestreckten Hand aus dem Saal. »Verschwind!«

Wieder einmal schlurfte Jakob an den kichernden Mitschülern vorbei zur Tür. Als er an Lukas vorbeikam, schlug der seine Faust unauffällig in die geöffnete Handfläche. Vielleicht hatte er es diesmal doch übertrieben mit dem Zeugnisgeben.

Nach einem ergiebigen Regenguss vertrieb die Frühlingssonne die schweren Wolken und erkämpfte sich die Vorherrschaft am Himmel zurück. Der Asphalt dampfte, das

Licht ließ alles rundherum unwirklich klar erscheinen. Das schrille Läuten der Schulglocke hallte über den Hof. Wenige Minuten später spuckte das Gebäude eine Masse von laut schnatternden Kindern auf den regennassen Vorplatz. Einige gehorsame Schüler machten sich eilig auf den Nachhauseweg, andere tollten vor dem Gebäude herum, als müssten sie all die aufgestaute Energie mit einem Mal loswerden. Als sich das Getümmel aufgelöst hatte, öffnete sich die schwere Tür ein weiteres Mal und Jakob schlüpfte vorsichtig durch den schmalen Spalt nach draußen. Er sah sich um, konnte nichts Verdächtiges entdecken und marschierte los. Er überquerte den Vorplatz und nach einigen Metern war er sich sicher, dass die Geste von Lukas nur eine leere Drohung gewesen war, um ihm Angst zu machen.

Als Jakob beim Sparkassengebäude vorbeiging, bogen plötzlich zwei seiner Mitschüler um die Ecke. Es waren Freunde von Lukas und sie steuerten direkt auf ihn zu. Jakob machte kehrt, um in die Gegenrichtung zu flüchten, doch Lukas war mit seinem roten BMX wie aus dem Nichts aufgetaucht und schnitt ihm den Weg ab. Jakob saß in der Falle.

»Da ist ja unser Messias«, spottete Lukas, während er abstieg und das Rad am glänzenden Asphalt ablegte. Siegessicher grinsend ging er auf Jakob zu und blieb nur wenige Zentimeter vor seinem Gesicht stehen. Jakob konnte den Kaugummi im Mund seines Peinigers riechen. Er machte einen ausweichenden Schritt nach hinten, wurde aber von den beiden Handlangern gleich wieder nach vorne gestossen.

Lukas packte ihn mit einer Hand am Pullunder und zog ihn zu sich heran. »Wir werden also alle sterben?«, fragte er.

Der zynische Unterton war nicht zu überhören. »Und du nicht, weil du was Besseres bist?«

»Ihr könnt auch gerettet werden!«, antwortete Jakob schnell. »Ihr müsst nur mit mir in die Versammlung kommen! Wirklich!«

Lukas sah seine Freunde über Jakobs Schulter hinweg an. »Der glaubt echt, dass er was Besseres ist.« Dann boxte er Jakob so heftig in den Magen, dass er fast zu Boden ging. Lukas zog ihn am Pullunder wieder hoch. »Und, wo ist jetzt dein Gott?«

Jakob hielt sich den Bauch mit beiden Händen und japste nach Luft. Hinter ihm lachten seine beiden Mitschüler schadenfroh. Langsam wurde der Schmerz weniger. Er nahm die Hände vom Bauch und richtete sich auf. Lukas boxte ihm noch heftiger in die Magengrube. Diesmal ging Jakob zu Boden.

»Kommt wohl nicht, dein Gott?«

Jakob krümmte sich vor Schmerz, Tränen schossen ihm in die Augen. Seine Schulkameraden hielten sich die Bäuche vor Lachen. Durch den Tränenschleier nahm Jakob ein Paar Turnschuhe wahr, die etwas abseits der Gruppe stehen blieben.

»Lasst ihn in Ruhe!«, hörte er eine bekannte Stimme sagen.

»Misch dich da nicht ein«, erwiderte Lukas etwas weniger selbstbewusst.

Jakob drehte seinen Kopf zur Seite und sah nach oben. Hans-Jürgen war um mindestens einen Kopf größer als seine Gegner. Er ging auf Lukas zu, zog die komischen Holzstöcke mit der Kette aus seiner Jeansjacke und wirbelte damit dicht vor seinem Gesicht herum.

»Was willst du mit dem dämlichen Nunchaku?«, fragte Lukas und nickte Hans-Jürgen herausfordernd zu.

Hans-Jürgen holte seitlich aus und landete einen gezielten Treffer in der Nierengegend. Lukas knickte ein und stöhnte vor Schmerz.

»Verschwindet!«, befahl Hans-Jürgen und machte einen Schritt auf die beiden eingeschüchterten Freunde zu, die sich widerwillig umdrehten und murrend den Rückzug antraten.

»Dir werd ich es schon noch zeigen«, zischte Lukas und warf Hans-Jürgen einen grimmigen Blick zu. Dann humpelte er zu seinem Rad, zog es mit einer Hand am Lenker hoch und schob es seinen Begleitern hinterher.

Hans-Jürgen reichte Jakob die Hand und half ihm auf die Beine. »Geht's?«

Jakob stand gebückt da, stützte seine Hände auf den Knien ab und schnappte nach Luft. »Geht schon, danke«, keuchte er zwischen zwei hastigen Atemzügen.

Wenig später machten sich die beiden Jungen langsam auf den gemeinsamen Nachhauseweg.

Als sie den Hauptplatz erreichten, stockte Jakob erneut der Atem. Bruder Karl Pfeiffer war nicht zu übersehen. Er hatte sich große Schilder über die Schultern gehängt, auf die er in roter Schrift die Worte *JÜNGSTES GERICHT KOMMT AM 7. MAI!!!* und *DU KANNST ÜBERLEBEN!* gemalt hatte. Jakob schlug das Herz bis zum Hals. Karl hatte ihn noch nicht bemerkt. Schnell bog er in das Halbdunkel einer offenen Hausdurchfahrt ein.

Hans-Jürgen blieb stehen und sah ihm verwundert hinterher. »Was ist?«.

»Der darf mich nicht sehen«, flüsterte Jakob.

»Ist der von eurer Religion?«

Jakob nickte.

»Die Zeit ist gekommen!«, rief Karl über den Platz. »Das Jüngste Gericht ist nah! Nur wer sich jetzt dem wahren Gott zuwendet, kann gerettet werden!«

Die Passanten auf dem Hauptplatz gingen Bruder Pfeiffer großräumig aus dem Weg, einige schüttelten in sicherer Entfernung die Köpfe.

Hans-Jürgen beobachtete den Prediger eine Weile. »Der ist ja verrückt«, stellte er kopfschüttelnd fest. Dann trat er in den Hauseingang und sah Jakob an. »Glaubst du diesen Schwachsinn auch?«

»Es ist kein Schwachsinn«, antwortete Jakob zögernd. »Das Jüngste Gericht kommt wirklich am siebten Mai.«

»Erzähl keinen Scheiß.«

»Doch. Gott hat es gesagt. Es steht in der Bibel.«

»Am siebten Mai spielt Österreich gegen Zypern um die WM-Quali.«

»Ja, aber Harmagedon kommt trotzdem.«

»Glaub ich nicht.«

»Ich kann es dir zeigen.«

»Okay.«

Ein Windstoß blies Karl ein paar lange Haarsträhnen von der Glatze. Hastig legte er sich die wenigen Haare wieder auf den entblößten Kopf. Dann sprach er im Vorbeigehen eine junge Schülerin an, kramte etwas aus seiner Hosentasche hervor und reichte es ihr. Das Mädchen hob abwehrend die Hände und machte sich rasch davon.

»Wir müssen den anderen Weg gehen«, flüsterte Jakob und spähte vorsichtig aus dem Torbogen.

»Warum darf er dich nicht sehen?«, fragte Hans-Jürgen.

»Ich darf mit Weltlichen keinen Umgang haben.«

Jakob machte einen mutigen Schritt auf die Straße und ging schnell in die Richtung davon, aus der sie gekommen waren. Hans-Jürgen folgte ihm.

Jakob hatte einen Plan. In der Siedlung angekommen achtete er darauf, außerhalb der Sichtweite seiner Mutter zu bleiben. Er verabschiedete sich von seinem Begleiter in sicherer Entfernung zu den Fenstern seiner Wohnung und schlug vor, ihn am Nachmittag mit seiner Bibel zu besuchen. Hans-Jürgen willigte ein und nannte ihm den Hauseingang und die Türnummer.

Beim Mittagessen erzählte Jakob seiner Mutter von einem Mitschüler, der gerne mehr über Harmagedon und die Prophezeiungen in der Bibel erfahren möchte. Er erklärte, dass er am Nachmittag zu dem Schüler gehen müsse, um ihm die entsprechenden Bibelstellen zu zeigen. Monika war hocherfreut. Sie sah ihren Sohn stolz an, lobte ihn für seinen Eifer und ermutigte ihn, mit dem Jungen ein Bibelstudium zu beginnen. Vielleicht würden dann auch die Eltern Interesse an der Wahrheit bekommen. Sie könnte dann das Studium mit ihnen übernehmen.

Jakob musste heute nicht beim Abwasch helfen. Nach dem Essen holte er seine Bibel aus dem Koffer, empfing einen überschwänglichen Kuss von seiner Mutter und eilte hüpfend aus der Wohnung.

Lehmann war mit Kugelschreiber auf das selbst gebastelte Türschild geschrieben worden. Jakob klingelte.

»Junge, geh zur Tür, ich bin am Klo!«, hörte er drinnen eine männliche Stimme rufen.

Hans-Jürgen öffnete die Tür. »He«, sagte er knapp und machte den Weg für seinen Gast frei.

Jakob trat in eine fremde Welt ein. Die Wände des Vorraums waren mit bunt gemusterten Tüchern und exotischen Wandbildern behängt. Auf einem verzierten Holztisch stand die glänzende Statue eines dicken, lächelnden Mannes im Schneidersitz. Auf einem anderen Tisch waren unzählige Kerzen verteilt. Ein süßlicher Geruch, den Jakob nicht zuordnen konnte, hüllte ihn ein. Hans-Jürgen zeigte auf eine geöffnete Tür am Ende des Vorraums.

»Sind deine Eltern gar nicht da?« fragte Jakob unsicher.

»Es gibt nur meinen Vater,« antwortete Hans-Jürgen. »Und der ist am Klo.«

Auf dem Weg zur gezeigten Tür bemerkte Jakob, dass es in dieser Wohnung sogar ein Badezimmer gab. Er hatte immer geglaubt, dass alle Wohnungen in den Gemeindebauten gleich waren. Diese Wohnung war außerdem viel größer als die, die er mit seiner Mutter bewohnte.

Als Jakob durch die Tür in das Zimmer von Hans-Jürgen trat, blieb ihm der Mund offen stehen. Noch nie hatte er so ein Kinderzimmer gesehen. An den Wänden hingen Poster von Stars, die Jakob nicht kannte. Bücher, Comics und Schulsachen lagen auf dem Schreibtisch verstreut, dazwischen thronte ein Fernseher mit einer klobigen Tastatur davor. Auf einem Regal neben dem Kleiderschrank waren Modellautos, Raumschiffe und einige von den futuristischen Spielfiguren aufgereiht, die Jakob schon öfter im Schaufenster des Spielzeuggeschäfts bewundert hatte. Er ging zum Regal und achtete darauf, nicht auf die am Boden verteilten Kleidungsstücke zu treten. Zuerst sah er sich die Autos an. Da war ein alter Jeep, ein Porsche, ein Rennwagen, den er noch nie gesehen hatte, und natürlich ein Alfa.

»Lässiger Alfa«, sagte er zu Hans-Jürgen, der mittlerweile am Schreibtisch saß und an der eigenartigen Tastatur herumfummelte.

Jakob inspizierte die Raumschiffe und wechselte zu den Spielfiguren, die er sich ebenso genau anschaute.

»Du kannst die auch runternehmen«, sagte Hans-Jürgen, während der Fernseher zum Leben erwachte.

Jakob legte seine Bibel auf das ungemachte Bett und nahm vorsichtig eine bedrohlich aussehende Figur mit schwarzer Maske und ebenso schwarzem Umhang vom Regal, die er von allen Seiten betrachtete. »Wer ist das?«, fragte er schließlich.

Hans-Jürgen drehte sich zu ihm um und sah ihn an wie einen Ungläubigen, der noch nie von Jesus gehört hatte. »Darth Vader?«

Jakob schaute zurück wie ein Junge, der noch nie von *Darth Vader* gehört hatte.

»Star Wars?«, versuchte es Hans-Jürgen noch einmal.

»Ah ja, Sta Woas«, sagte Jakob so, als wäre ihm plötzlich alles wieder eingefallen.

Hans-Jürgen schüttelte den Kopf. »Das ist Krieg der Sterne«, erklärte er. »Die Rebellen kämpfen gegen das Imperium. Luke Skywalker gegen den bösen Darth Vader. Der übrigens sein Vater ist und früher einmal gut war.«

»So wie Gott gegen den bösen Satan«, warf Jakob ein. »Der war früher auch einmal gut. Er war sogar ein Engel.«

Hans-Jürgen starrte seinen merkwürdigen Gast an und wusste nicht, was er darauf sagen sollte. Draußen wurde die Klospülung betätigt. Sekunden später stand der Vater von Hans-Jürgen barfuß in der Tür. In seinem weiten Leinenhemd und den schlabbrigen Hosen erinnerte er Jakob an die verkleideten Brüder, die bei den biblischen Dramen auf den großen Bezirkskongressen die Propheten spielten.

»Du musst der Jakob sein«, sagte der Prophet freundlich und schüttelte Jakob die Hand. »Ich bin der Dieter, aber du kannst Didi zu mir sagen.«

Auf dem Fernsehschirm erschien der Schriftzug *International Karate*. Die Schrift verschwand und zwei Männer in Pyjamas standen sich vor einer Palme und einer Pyramide gegenüber. Hans-Jürgen drückte den roten Steuerknüppel nach links und hämmerte mit der anderen Hand auf eine rote Taste ein. Die beiden Männer auf dem Schirm attackierten sich gegenseitig mit Schlägen und Tritten. Eigentlich sollte Jakob bei so einem Spiel nicht zuschauen, denn der Schöpfer verurteilte Gewalt. Aber er konnte den Blick nicht von den hüpfenden Figuren abwenden. Eine unsichtbare Kraft hielt seine Augen auf den Fernsehschirm gerichtet.

»Urst gut der neue C64, ne?«, sagte Didi und deutete mit dem Kopf zum Fernseher.

Didi sprach mit noch stärkerem Akzent als sein Sohn. Jakob hatte Mühe, ihn zu verstehen. »Ja, lässig«, antwortete er trotzdem.

»Schön, dass der Hans-Jürgen mal Besuch hat. Kommt ja nicht so oft vor.«

Das hatte Jakob verstanden. Er konnte allerdings nicht verstehen, warum sonst niemand was mit Hans-Jürgen zu tun haben wollte. Das hier war doch ein Paradies für Kinder.

»Willste auch mal?«, fragte Hans-Jürgen und hielt Jakob das schwarze Kästchen mit dem roten Steuerknüppel hin.

»Nein, danke«, sagte Jakob und hob abwehrend die Hände. Zusehen war vielleicht nicht so schlimm, aber selber spielen war sicher eine Sünde.

»Was hast du denn da mitgebracht?« Didi zeigte auf die Bibel, die immer noch unbenutzt auf dem Bett lag.

»Eine Bibel«, antwortete Jakob.

»Trägst du die immer mit dir rum?«

»Nein. Ich wollte dem Hans-Jürgen nur ein paar Bibelstellen über das Jüngste Gericht zeigen.«

»Das Jüngste Gericht?«

»Am siebten Mai«, sagte Hans-Jürgen, ohne seinen Kampf zu unterbrechen. »Wenn Österreich gegen Zypern spielt.«

»Ist doch kein Weltuntergang, wenn Österreich nicht in die WM kommt«, lachte Didi.

Jakob lachte nicht. »Ich glaub, Gott interessiert sich nicht für Fußball«, sagte er ernst.

Didi hob die Augenbrauen. »Gott? Den gibt es doch gar nicht.«

»Doch, den gibt es.«

»Ach ja? Dann erklär mir mal eines: Wenn es einen so tollen Gott gibt, warum gibt es dann Armut, Krankheit, Tod, warum sterben Kinder, warum gibt es Kriege und Verbrechen? Warum tut der nichts dagegen?«

Jakob wusste, dass sie in der Versammlung schon unzählige Male die Argumente für genau diese Frage geübt hatten. Doch ausgerechnet jetzt fiel ihm kein einziges ein. Irgendwo in den Tiefen seines biblisch geschulten Gehirns war die Antwort dauerhaft gespeichert. Jakob strengte sich an. Als ihm klar wurde, dass die Argumente derzeit nicht auffindbar waren, ging er zum Bett und schnappte sich seine Bibel.

»Ich muss jetzt nach Hause«, sagte er und verließ fluchtartig das Zimmer.

»Du kannst gern wiederkommen«, rief ihm Didi hinterher.

Wie jeden Abend legte sich Monika vor dem Einschlafen zu Jakob ins Bett, um zu kuscheln und mit ihm über den Tag zu sprechen. Jakob erzählte nicht, dass er bei dem Gespräch mit Didi versagt hatte. Er sagte nur, dass der Vater des Mitschülers nicht an Gott glaube. Seine Mutter wiederholte die Beweisführung, die ihm bei Didi nicht eingefallen war und ermunterte ihn, es weiterhin bei dem Mitschüler und seinem Vater zu versuchen.

»Werden in Harmagedon auch Kinder getötet?«, wollte Jakob daraufhin wissen.

»Das wird der Schöpfer entscheiden«, antwortete Monika erwartungsgemäß.

»Aber die Kinder können doch nichts dafür, wenn die Eltern nicht an Gott glauben.«

»Kinder können die Wahrheit trotzdem annehmen, auch wenn die Eltern das nicht wollen. Wenn sie aber von der Wahrheit wissen und sie ablehnen, werden sie wahrscheinlich vernichtet.«

»Und wenn sie nichts davon wissen?«

»Dann nicht.«

Jakob rollte sich auf die Seite. »Ich will schlafen«, sagte er.

»Gute Nacht. Ich hab dich lieb«, flüsterte Monika und gab ihrem Sohn einen Kuss auf die Wange. »Und Gott hat dich auch lieb.«

»Ich dich auch«, sagte Jakob.

Monika kletterte aus dem Bett und ging leise in die Küche.

Jakob wälzte sich zurück auf den Rücken und starrte an die Decke. Ein schrecklicher Gedanke ließ ihn nicht mehr los. Er hatte Hans-Jürgen von Harmagedon erzählt. Er wäre also schuld, wenn sein Freund vernichtet werden würde. Er musste ihn überreden, zur wahren Religion zu wechseln. Und dazu musste er zuerst Didi überzeugen.

ERLEUCHTUNG

Jeden Morgen pünktlich nach dem Frühstück setzte sich Jakob auf seinen Dreirad-Traktor und drehte seine Runde im Hof. Dabei drückte der Vierjährige eifrig auf die Hupe, rief »Der Bäcker ist da«, und verkaufte imaginäre Mohnweckerl und Nusskipferl an unsichtbare Kunden. Diese selbstauferlegte Aufgabe erfüllte er täglich mit einer zwanghaften Konsequenz und er fühlte sich schlecht, wenn er seine Runde einmal nicht absolvieren konnte. Sonst hatte Jakob nicht viele Erinnerungen an die Zeit, bevor ihnen die Gemeindewohnung in der Siedlung zugeteilt wurde.

Das Zimmer, in dem Jakob mit seiner Mutter die ersten vier Lebensjahre hauste, lag im Hinterhof eines Gasthauses. Der Raum war dunkel und feucht, es gab kein Badezimmer, und die Küche bestand aus einem Kühlschrank mit einer elektrischen Kochplatte obendrauf. Um das Klo im Gasthaus benutzen zu können, musste man den gesamten Hof im Freien überqueren. Hinter einem Holzverschlag auf der anderen Seite des Hofes lebte ein Schäferhund an der Kette, mit dem sich Jakob sofort angefreundet hatte. Obwohl der Hund als gefährlich galt und der Besitzer den Kontakt verboten hatte, besuchte Jakob ihn jeden Tag. Er hatte keine Angst. Mehrmals zog er dem Tier das Halsband über den Kopf, öffnete den Verschlag und entließ ihn in die Freiheit. Der wütende Besitzer musste den Hund daraufhin im gesamten Stadtgebiet suchen und es dauerte oft Tage, bis er ihn wieder eingefangen und an die Kette gelegt hatte. Jakob bekam natürlich jedes Mal eine Strafpredigt vom Nachbarn und seiner Mutter zu hören. Doch das war es ihm wert. Einen guten Freund zu retten war wichtiger als blöde Regeln zu befolgen. Und nun musste Hans-Jürgen gerettet werden.

Es war Samstag. Noch drei Tage bis Harmagedon. Jakob hatte jeden Tag bei Hans-Jürgen geläutet, doch es hatte nie jemand aufgemacht. Er war nervös. Wie sollte er es schaffen, seinen Freund in der kurzen Zeit von der Wahrheit zu überzeugen?

Die kräftige Frühlingssonne erfüllte die aufblühende Natur mit ihrer wärmenden Energie. Monika und Jakob hatten auf der Wiese vor der Wohnung einen Flohmarkt aufgebaut. Verkauft wurde alles, was in der Zeit bis zum Jüngsten Gericht nicht mehr unbedingt zum Leben notwendig war. Monika hatte den Küchentisch und die Stühle vor das Haus gestellt, darauf ausgebreitet lagen Kleidungsstücke, Schuhe, Küchengeräte und Haushaltsartikel. Sie hatte Jakob sogar gezwungen, alle seine Spielsachen zum Verkauf anzubieten. Die Anweisung der Ältesten war klar: keine materiellen Güter aus der alten Welt durften am Gerichtstag mitgebracht werden. Wenigstens hatte er seine Mutter überreden können, den Vogelkäfig mit Fredi nicht zu verkaufen. Den würde er ins Paradies mitnehmen.

Ein glatzköpfiger Mann sah sich die Artikel auf dem Tisch an, griff nach Monikas Fön und betrachtete ihn von allen Seiten.

»Zwanzig Schilling«, sagte Monika.

Der Mann wackelte mit dem Kopf.

»Zehn Schilling«, besserte Monika nach.

Der potentielle Käufer untersuchte den Fön, als müsste er eine geheime Funktion darauf entdecken. »Funktioniert er?«

»Ja, sehr gut sogar.«

Der Mann war immer noch unschlüssig und drehte den Fön wieder in alle Richtungen.

»Na gut, fünf«, bot Monika an.

Der Käufer nickte, zog einige Münzen aus seiner Hosentasche und übergab Monika einen Fünfer. In der Zwischenzeit war eine Nachbarin zum Tisch gekommen, die etwas über die angebotenen Kleidungsstücke wissen wollte. Jakob nutzte die Ablenkung, nahm sein Captain-Future-Raumschiff aus Pappe, das er in der wenigen freien Zeit noch gebastelt hatte, von einem der Stühle und versteckte es vorsichtig unter einem dichten Fliederbusch.

»Was machst du da?«, hörte er eine unsichtbare Stimme hinter sich fragen.

Jakob schnellte erschrocken hoch und sah sich um. Hans-Jürgen. Endlich.

»Nichts«, antwortete er und wollte eigentlich etwas ganz anderes sagen. »Wir verkaufen unsere Sachen«, fügte er schnell hinzu.

»Warum?«, wollte Hans-Jürgen erwartungsgemäß wissen. »Zieht ihr weg?«

In der Versammlung hatte Jakob gelernt, dass man den Gesprächspartner ermuntern sollte, Fragen zu stellen. Dass hatte geklappt. Jetzt war die vielleicht letzte Gelegenheit gekommen, seinen Freund zu retten. »Ich hab dir doch von Harmagedon erzählt, wo alle Menschen, die nicht zu uns gehören, vernichtet werden.« Jakob schaltete in seiner Dringlichkeit noch einen Gang höher. »Das ist schon in drei Tagen!«

Hans-Jürgen blieb trotz dieser lebenswichtigen Information völlig unbeeindruckt. »Und warum verkauft ihr alle Sachen?«

Jakob konnte nicht glauben, dass sein Freund die Warnung nicht ernst nahm. »Das brauchen wir im Paradies alles nicht mehr«, erklärte er und seine Stimme überschlug sich fast dabei. »Da kriegen wir bessere Sachen. Und wir können mit zahmen Löwen spielen.«

Hans-Jürgen sah Jakob an, als wäre der nicht ganz bei Sinnen. »Du glaubst das alles wirklich?«, fragte er mit hochgezogenen Augenbrauen und faltiger Stirn.

»Du musst bitte mit deinem Papa zur Versammlung kommen. Am Montag, um achtzehn Uhr. Sonst werdet ihr auch vernichtet. Bitte sag das deinem Papa.«

»Das musst du ihm schon selber sagen.«

Ein Hoffnungsschimmer erschien vor Jakobs geistigem Auge. »Ja, okay, das mach ich. Wann?«

»Du kannst morgen zu mir kommen. Dann können wir wieder ein Fußballtraining machen.«

»Warum nicht heute?«

»Heute geh ich zu meiner Freundin.«

Jakob erstarrte. »Ja, gut«, stotterte er. »Dann komm ich morgen.«

Hans-Jürgen verabschiedete sich mit einer lässigen Handbewegung und schlenderte über die Wiese davon.

Auch das noch. Hans-Jürgen hatte eine Freundin. Da würde der Schöpfer einige Augen zudrücken müssen.

Das gemeinsame Schlafzimmer war ungewohnt leer. Nur ein paar Möbel waren noch da, alles andere hatte Monika verkauft oder schließlich verschenkt. Jakob saß auf dem Boden und klebte eine Rampe aus Pappe an das kugelförmigen Vorderteil des Raumschiffs. Lässig. Jetzt war die *Comet* endlich fertig. Genau rechtzeitig, um vor dem Ende der Welt zu flüchten.

»Hier spricht Captain Future«, sagte Jakob mit tiefer Stimme. »Fertig machen zum Start. Alle sofort an Bord gehen. Wir müssen starten, die Erde wird in wenigen Minuten explodieren.«

»Aber was passiert mit denen, die da nicht mehr reinpassen?«, sagte Jakob jetzt mit hoher Stimme.

»Die sind böse. Die werden alle sterben. Los, alle rein jetzt!«, befahl Captain Future.

»Ja, ich geh ja schon«, jammerte die hohe Stimme.

Jakob schloß die Rampe und startete einen Rundflug durch das Zimmer. Nach einigen Runden landete er das Raumschiff neben dem Käfig von Fredi, der die Aktion skeptisch beobachtet hatte.

»Geschafft. Willkommen im Paradies.«

Fredi ließ ein kurzes Zwitschern hören.

»Was ist, Fredi?«

Wieder ein kurzes Zwitschern.

»Natürlich nehm ich dich mit. Du willst doch auch ins Paradies, oder? Dort lass ich dich dann frei und du kannst mit den anderen Vögeln spielen und herumfliegen.«

Erst jetzt wurde Jakob so richtig bewusst, dass er im Paradies alles verlieren würde, was er in der alten Welt gern gehabt hatte. Keine Spielsachen, kein Fernsehen, keine Autos. Nicht einmal Fredi würde ihm bleiben. Der würde sicher lieber mit seinen Vogelfreunden umherziehen, als sich mit einem Menschenjungen abzugeben. Jakob fühlte sich plötzlich sehr traurig. Und er war sich nicht mehr sicher, ob das Paradies wirklich so toll war, wie alle behaupteten.

Vor dem Schlafengehen legte sich Monika wieder zu Jakob ins Bett. Sie merkte sofort, dass ihn etwas bedrückte.

»Was hast du denn, mein Schatzi?«, fragte sie in dem wunderbar einfühlsamen Ton, den jedes Kind brauchte, nachdem es sich das Knie aufgeschlagen hatte.

Jakob antwortete nicht gleich. Er musste überlegen, wie er es ausdrücken konnte, ohne gleich als Zweifler dazustehen. »Ich weiß nicht, ob ich wirklich ins Paradies will«, sagte er vorsichtig. »Eigentlich ist es doch gar nicht so schlecht, wie es jetzt ist.«

Monika antwortete auch nicht gleich. Sie überlegte und Jakob bereitete sich auf ein Donnerwetter vor.

»Du hast recht«, sagte sie stattdessen ganz ruhig. »Es ist nicht alles schlecht. Aber du weißt ja, dass Satan der Herrscher der Welt ist und deshalb gibt es viel Kummer und Leid auf der Erde. Es gibt bei uns zwar jetzt keine Kriege und keine Hungersnöte, aber die Menschheit kann jederzeit durch die Atombombe ausgerottet werden und wenn das nicht passiert, wird sie sich durch die Umweltverschmutzung selbst zu Grunde richten. Der Schöpfer wird das verhindern. Im Paradies können wir zusammen ewig leben, ohne die Sorgen, die wir jetzt haben.«

»Ja, aber wird das ewige Leben nicht irgendwann langweilig?«

»Du wirst viele Freunde haben im Paradies, mit denen du was unternehmen kannst. Und irgendwann wirst du eine nette Frau kennenlernen, heiraten und vielleicht auch Kinder haben.«

In Jakobs Fantasie tauchte ein Bild von Eva im Badeanzug auf. Er stand in einem prachtvollen Garten neben ihr und hielt ihre Hand. Auf der anderen Seite die zwei gemeinsamen Kinder, die im selben Alter wie Jakob waren. Das passte nicht.

»Gefällt dir ein Mädchen aus der Versammlung?«, unterbrach Monika die schräge Illusion.

»Nein«, antwortete Jakob wahrheitsgemäß. Eva war schließlich kein Mädchen mehr.

Monikas Hände verschwanden unter der Bettdecke und sie begann, Jakob an der Hüfte und unter den Armen zu kitzeln. »Sag, wer gefällt dir denn?«

»Niemand«, lachte Jakob.

Monikas Finger bohrten sich in die Achselhöhlen ihres Sohnes. »Die Miriam?«

Jakob lachte und rang nach Luft. »Nein«, keuchte er.

»Wer gefällt dir dann?« Monika übersäte Jakobs Bauch mit einer Kitzelattacke.

Jakob krümmte sich im Bett und erstickte fast vor Lachen. »Niemand«, brachte er gerade noch heraus.

Wenig später war der Kitzelangriff vorbei und Jakob bekam wieder Luft. Er drehte sich auf den Rücken und sah seiner Mutter in die Augen.

»Im Paradies wird man nicht älter, oder?«, fragte er.

»Nein«, bestätigte Monika.

»Aber Kinder werden erwachsen.«

»Genau.«

»Wie alt wird man dann?«

»Keine Ahnung. Vielleicht dreißig.«

»Und wenn man schon älter als dreißig ist?«

»Dann wird man wieder jung gemacht. Warum fragst du?«

»Ach, nur so.«

Jakob hatte eine Idee. Eva würde also nicht älter als dreißig werden. Er war jetzt zwölf. Er würde sie einfach einholen und wenn er alt genug war, konnte er sie heiraten. Vielleicht schon mit achtzehn. So lange könnte sie auf ihn warten. Und irgendwann würden sie dann gleich alt sein. Der Plan gefiel Jakob. Er musste nur noch Eva überzeugen, in der Zwischenzeit keinen anderen Mann zu heiraten.

Am darauffolgenden Sonntag war Monika total aufgedreht. Sie hatte sich mit Walter zum Missionsdienst verabredet. Wenn das öfter vorkommen würde, wäre es so gut wie eine

Verlobung. Dann würde Jakob zwar einen neuen Papa bekommen, aber gleichzeitig würde auch ein potentieller Kandidat im Rennen um Eva wegfallen. Monika zupfte an ihren dünnen Haaren und ihrer Kleidung herum, lief planlos durch die Wohnung und suchte nach der Literatur für den bevorstehenden Dienst, der eigentlich ein kontrolliertes Rendezvous war, bei dem sich heiratswillige Glaubensgeschwister kennenlernen konnten, ohne dabei der Gefahr von sexuellen Gelüsten ausgesetzt zu sein. Jakob durfte heute natürlich nicht mit, aber das war ihm nur recht. Sobald seine Mutter aus der Wohnung geflattert war, machte auch er sich zu seiner Mission auf.

Hans-Jürgen öffnete die Tür, winkte Jakob herein und ging vor in sein Zimmer. Jakob ließ sich Zeit. Die erste Tür auf der linken Seite führte vom Vorraum in die Küche. Er spähte in den Raum, doch niemand war zu sehen. Jakob ging weiter und blieb in der nächsten Tür stehen. Als erstes fiel ihm die große, silberfarbene Musikanlage auf, die auf einem Regal mit unzähligen Schallplatten thronte. Daneben stand ein riesiger Fernseher. Durch die halb geschlossenen Fensterläden schimmerte diffuses Licht, die Wände waren auch hier mit bunten Teppichen und Tüchern behängt. Überall im Raum standen seltsame elektronische Geräte mit Antennen, Kuppeln und Kristallen. Auf dem abgewetzten Sofa saß Didi gebückt über einem Gerät, das geöffnet vor ihm auf dem niedrigen Tisch stand. Seine Hände waren tief in das Innenleben eingedrungen, Schweißtropfen standen ihm auf der Stirn. Das Gerät erinnerte Jakob an ein Radio mit vielen Knöpfen und Schaltern, aber der

Lautsprecher fehlte. Didi führte einen Metallstab mit Kunststoffgriff in das Gehäuse, in der anderen Hand hielt er einen dicken Draht. Zarte Dampfsäulen stiegen aus dem Gerät auf. Daneben gloste eine Zigarette im Aschenbecher vor sich hin.

»Guten Tag«, sagte Jakob vorsichtig.

Didi sah von seiner eigenartigen Bastelarbeit auf. »Ah, hallo Jakob. Schön, dass du wieder da bist.« Es schien, als würde er sich wirklich über Jakobs Besuch freuen. »Tut mir leid wegen letztens«, sagte er. »Ich wollte dich nicht vertreiben.«

»Macht nichts«, sagte Jakob. »Aber ich weiß jetzt, warum Gott das Böse zulässt.«

»Ach ja?«

»Satan der Teufel behauptet, dass die Menschen Gott nicht brauchen. Und jetzt muss Gott das Gegenteil beweisen, deshalb hat er die Menschen eine Zeit lang sich selbst überlassen. Wie man sieht, hat es nicht funktioniert. Es gibt Kriege, Verbrechen, Hungersnöte und der Mensch zerstört die Erde.«

»Gut. Ich sag jetzt nichts dazu. Ich will nicht, dass du wieder wegläufst.«

»Ich lauf nicht weg.«

»Sicher?«

»Ja, sicher.«

Didi stellte den Metallstab in eine spiralförmige Halterung, legte den Draht beiseite und nahm einen Zug von seiner Zigarette. »Gut«, sagte er und blies Rauch in die Luft. »Dann stell dir vor, die doofe Hausmeisterin kommt zu euch und behauptet, dass du ohne deine Mutter besser dran bist und sie nicht brauchst. Was wird deine Mutter tun? Wird sie dich alleine lassen und zusehen, wie du alleine zurechtkommst?«

Jakob wusste die Antwort auf diese Frage. Doch er wusste auch, dass seine Antwort das Argument von Didi stützen würde und sagte deshalb nichts.

»Nein«, beantwortete Didi seine Frage selbst, »das würde deine Mutter nicht tun. Sie würde der Hausmeisterin sagen, dass sie sich verpissen soll und würde sich weiter um dich kümmern. Und wenn Gott das nicht mit diesem Satan schafft, scheint er ein ziemlich unterentwickeltes Selbstbewusstsein zu haben. Verstehst du, was ich meine?«

Jakob schluckte. Da war doch noch ein Argument. Wie ging das schnell? Ach ja, die Loyalität. »Gott prüft uns auch«, sagte er. »Er will wissen, ob wir ihm treu sind, auch wenn wir große Opfer bringen müssen.«

»Das macht dein Gott?«

»Ja.«

»Das wird ja immer schlimmer«, sagte Didi und drückte die Zigarette im Aschenbecher aus. »Hast du ein Haustier?«

»Ja. Einen Wellensittich.«

»Okay. Stell dir vor, du hättest einen süßen kleinen Hund. Das wäre doch super, oder?«

»Ja.«

»Und den hättest du bestimmt sehr gern.«

»Ja.«

»Und jetzt stell dir vor, du gehst mit deinem Hund spazieren. Plötzlich läuft dein Hund auf die Straße und gerade in dem Moment fährt ein Auto direkt auf ihn zu. Du kannst deinen Hund aber an der Leine zurückhalten. Was würdest du tun?«

»Ihn zurückhalten.«

»Guter Junge. Stell dir aber vor, du würdest ihn nicht zurückhalten und ihn absichtlich vor das Auto laufen lassen, nur um zu checken, ob er danach immer noch dein Freund ist. Wie wäre das?«

Jakob wusste nicht, was er darauf sagen sollte und schaute zu Boden.

»Genau«, sagte Didi. »Das wäre ziemlich arschig. Und das macht dein Gott mit uns? Er lässt uns schlimme Sachen erleben, obwohl er es verhindern könnte? Nur um zu überprüfen, ob wir dann noch seine Freunde sind? Was für ein Arsch. Der ist doch schlimmer als Hitler.«

Jakob versuchte die kleinen Rauten des gemusterten Teppichbodens zu zählen. Was sollte er jetzt noch sagen? Er hatte kein Argument mehr auf Lager. Ihm kam die Geschichte von Abraham und Isaak aus dem alten Testament in den Sinn. Eines schönen Tages befahl Gott dem treuen Diener Abraham, seinen Sohn Isaak für ihn zu opfern. Abraham hatte keinen Schimmer, warum der Allmächtige Schöpfer so etwas Grausames von ihm verlangte. Aber er gehorchte, ohne den Befehl zu hinterfragen. Er ging mit dem armen Jungen auf einen Berg, fesselte ihn und legte ihn auf einen Altar. Gerade als er seinem Sohn das Messer in die Brust rammen wollte, hielt Gott ihn doch noch von der Tat ab. Der Schöpfer war zufrieden. Er wollte mit dieser Aktion lediglich Abrahams Loyalität testen. Wie sich Isaak nach diesem traumatischen Erlebnis gefühlt haben muss, wurde in der Bibel nicht überliefert.

»Jetzt weißt du, warum ich nicht an Gott glaube«, unterbrach Didi Jakobs beängstigenden Ausflug in die Bronzezeit. »So ein fieses Wesen darf es nicht geben.«

»Doch, es gibt ihn aber«, protestierte Jakob.

»Woher weißt du, dass es ihn gibt? Hast du ihn schon gesehen?«

Bamm! Volltreffer! Wie gut, dass er in der Missionsdienstschule so gut aufgepasst hatte. »Strom kann man auch nicht sehen. Und trotzdem ist er da.« Jakob lächelte selbstsicher. Jetzt würde Didi nichts mehr darauf sagen können.

»Was?«, fragte Didi überrascht. »Strom kann man nicht sehen? Quatsch. Klar kann man Strom sehen. Zeig ich dir.«

Jakob gefror das Lächeln im Gesicht. Didi stand auf und ging zu einer alten Kommode, die jemand schlampig mit weißer Farbe übermalt hatte. Dort öffnete er nacheinander alle Laden, kramte darin herum und brachte allerlei mysteriöse Dinge zum Vorschein, die Jakob nicht identifizieren konnte. In der untersten Lade fand er schließlich den gesuchten Gegenstand.

Didi drehte sich zu Jakob um, verdeckte das Fundstück aber mit seinem Körper. »Setz dich da hin«, sagte er und zeigte auf das Sofa. »Und mach die Augen zu.«

Jakob setzte sich und schloß gehorsam die Augen. Er konnte hören, wie Didi das Fenster öffnete, die Fensterläden schloss und auf dem Weg zum Tisch über etwas stolperte.

»Ahhh! Scheiße!«, rief Didi. »Gottverdammte Scheiße! Weil da immer so viel Scheiß rumsteht!«

Das ungewohnte Fluchen verschreckte Jakob im ersten Moment, aber dann kicherte er still in sich hinein. Didi stellte etwas auf den Tisch und rammte einen Stecker in eine Steckdose.

»Jetzt kannst du gucken«, sagte er einige Sekunden später.

Jakob öffnete die Augen und vergaß zu atmen. Was er da sah, war ein Wunder. Feine Blitze breiteten sich von der Mitte einer Glaskugel aus und tanzten unruhig auf der Oberfläche hin und her. Alles in der Nähe der Kugel wurde von einem geheimnisvollen roten Licht beschienen.

»Leg mal die Finger drauf«, raunte ihm Didi aus der Dunkelheit zu.

Jakob zögerte.

»Keine Angst, es passiert nichts.«

Vorsichtig legte Jakob seine Fingerkuppen auf die Kugel. Im selben Augenblick wurden die Blitze heller und schienen nun von seinen Fingern auszustrahlen. Er bewegte die Finger langsam über die Glasoberfläche, die Blitze folgten ihnen. Mit erleuchtetem Gesicht und offenem Mund starrte Jakob das Wunderding an. Man hatte ihn belogen. Strom konnte man doch sehen.

DER LETZTE TAG

Montag, 6. Mai 1985. Noch ein Tag bis zum Weltuntergang. Jakob musste heute ausnahmsweise nicht in die Schule gehen. Wenn sich die Mitschüler bis jetzt nicht dem wahren Schöpfer zugewandt hatten, war es sowieso zu spät, hatte Monika gemeint. Jakob stellte sich vor, wie der brutale Lukas und seine doofen Freunde von einer himmlischen Feuersäule zu Asche verbrannt wurden, und musste lächeln.

Monika hatte heute noch eine wichtige Angelegenheit zu regeln. Sie ging zur Sparkasse, um mit den Einnahmen aus dem Flohmarkt das Minus auf ihrem Konto auszugleichen. Schließlich sollte sie am großen Tag ohne Schulden vor dem Herrn und Richter stehen. Jakob begleitete seine Mutter. Auf dem Weg durch die Stadt fielen ihm all die Dinge auf, die er heute wahrscheinlich zum letzten Mal sehen würde. Den großen Springbrunnen auf dem Hauptplatz und die bunten Blumenbeete rundherum fand er besonders im Frühling wunderschön. Das geschäftige Treiben am Markttag und die Autos, die auf der Suche nach einem Parkplatz ihre Runden um den Platz drehten, würde er vermissen. Jakob wollte sich nicht vorstellen, dass all die Geschäfte morgen nicht mehr da sein würden. Der Fleischhauer, der ihm immer eine Scheibe Extrawurst über die Verkaufstheke gereicht hatte, als er noch klein war. Die Konditorei mit der großen Eismaschine und dem weltbesten Windgebäck, das Gasthaus mit dem verwitterten Kaugummiautomat, der Elektroladen, vor dessen Schaufenster er stundenlang das stumme Fernsehprogramm verfolgt hatte, das Spielzeuggeschäft mit seinen vollgestopften Regalen, in dem es immer nach buntem Plastik roch. Er würde auch nie wieder in sein geliebtes Freibad gehen können. Auf dem Weg dorthin hörte man schon von weitem die Schreie und das Lachen der Kinder und Jakob liebte den Geruch von Chlor, der einen schon an der Badekasse empfing. Als er noch nicht schwimmen konnte, köpfelte er immer sofort nach dem Umziehen in das seichte Kinderbecken. Wenig später hatte ihn ein älteres Kind in das tiefe Sportbecken geschubst. Seine Mutter hatte ihn rechtzeitig herausgezogen und ihm das Leben gerettet. Mittlerweile traute er sich schon, vom Einmeterbrett in das tiefe Becken zu springen und zum Rand zu schwimmen. Nach Harmagedon würde man wahrscheinlich nur mehr in Seen und Flüssen baden können, so wie es damals bei Adam und Eva gewesen sein musste. Ob es im Paradies Badehosen geben würde? Jakob hatte nämlich keine Lust, vor allen anderen nackt zu baden. Er überlegte, was er in der alten Welt alles noch nicht gemacht hatte und nie wieder würde tun können. Er war noch nie in einem Flugzeug geflogen. Er war auch noch nie auf einem Schiff gewesen. Und er war noch nie in einem *Alfa Romeo* mitgefahren. Er hatte sich immer gewünscht, im Auto seiner Mutter auf der Rückbank zu schlafen, während sie irgendwohin fuhr. Doch Monika hatte nie den Führerschein gemacht und ein Auto hätte sie sich sowieso nie leisten können. Jakob hatte sich vorgenommen, pünktlich mit achtzehn den Führerschein in den Händen zu halten. Jetzt würde er nie mehr selbst mit einem Auto fahren können.

Monika war mit ihrem nachdenklichen Sohn bei der Sparkasse angekommen. Jakob fand heute sogar das angrenzende Schulgebäude schön. Er fragte sich, wie die Schule im Paradies aussehen wird. Werden sie alle im Gras sitzen und einem Ältesten zuhören, der die Zehn Gebote von einer Steintafel abliest? Wird es in der neuen Ordnung überhaupt eine Schule geben? Oder wird der Schöpfer den Kindern Fähigkeiten wie Lesen und Schreiben einfach in die Gehirne einpflanzen?

Der Filialleiter der Sparkasse war überrascht, dass Monika heute kein Geld ausleihen wollte. Stattdessen schüttete sie ihr gesamtes Vermögen aus einem kleinen Plastiksack auf den Tresen und wies ihn an, ihr überzogenes Konto auszugleichen. Der Filialleiter zählte das Papiergeld und schaufelte die Münzen in eine Geldzählmaschine. Die Summe reichte nicht aus, um die Schulden vollständig abzudecken. Mehr als dreihundert Schilling fehlten. Monika war enttäuscht. Sie bedankte sich beim Filialleiter für sein jahrelanges Verständnis, unterrichtete ihn vom bevorstehenden Jüngsten Gericht und übergab ihm eine Ausgabe der *Erkenntnis!*. Der Filialleiter hörte geduldig zu, nahm die Zeitschrift entgegen und bedankte sich freundlich für die Einzahlung. Dann trat Monika mit ihrem Sohn ein letztes Mal durch die automatische Glasschiebetür nach draußen.

Jakob hätte jetzt wirklich gerne ein letztes gemischtes Erdbeer-Vanille-Eis aus dem Automat gegessen, doch Monika hatte keinen einzigen Schilling mehr in der Tasche. Also schlenderten die beiden Mittellosen nach Hause, um aus den verbliebenen Lebensmitteln ein letztes Abendmahl zu bereiten.

Im Versammlungssaal herrschte Chaos. Es war die letzte Zusammenkunft vor Harmagedon, die Glaubensgeschwister waren nervös und bestürmten die Ältesten mit Fragen. Sie wollten wissen, ob sie zu Hause auf das Ende der Welt warten oder in den Saal kommen sollten, ob sie etwas zu Essen mitbringen durften, oder ob sie im Paradies Gewand zum Wechseln benötigen würden. Einige Gläubige hatten den Zweck der Zusammenkunft missverstanden und waren mit Schlafsäcken, Gaskochern und Verpflegung für eine Woche im Saal aufgetaucht.

Das eigens gegründete Harmagedon-Komitee, bestehend aus Bruder Voglhuber, Bruder Frank und Bruder Pfeiffer, bemühte sich, Ruhe und Ordnung in den Saal zu bringen. Sie stellten sich nebeneinander auf die Bühne, Alexander Voglhuber war am Rednerpult. Über ihnen war in goldenen Buchstaben auf einer roten Samttafel das Jahresmotto *Führe deinen Dienst völlig durch (2. Tim. 2:4)* zu lesen. Alexander unterrichtete die Brüder und Schwestern über die Vorgehensweise, die vom Komitee beschlossen worden war. Man würde sich gesammelt um Mitternacht auf dem Galgenkogel, der einzigen Anhöhe etwas außerhalb der Stadt, treffen. Der Aufenthalt in oder in der Nähe von Gebäuden wäre zu gefährlich. Außerdem wären sie auf einem Hügel leichter als auserwählte Gruppe zu erkennen. Jakob kannte den Galgenkogel. In der Schule hatte er gelernt, dass dort im Mittelalter Verbrecher am Galgen hingerichtet worden waren. Hoffentlich war das kein schlechtes Omen.

Bruder Frank war jetzt an das Pult getreten. Er fragte, wer von den Älteren und Gebrechlichen eine Mitfahrgelegenheit benötigen würde. Ein paar Personen zeigten auf, Bruder Frank notierte die Namen und versicherte, dass man sich darum kümmern würde. Dann wurden nochmals die Regeln wiederholt. Man sollte unbedingt pünktlich sein und spätestens um Mitternacht am vereinbarten Treffpunkt erscheinen. Die Kleidung sollte dem Anlass entsprechend feierlich sein. Weltliche Gegenstände waren nicht erlaubt, auch die Mitnahme von Geld, Reisepässen oder Geburtsurkunden war untersagt. Die Verbindung zur bösen Welt Satans musste vollständig unterbrochen werden. Schließlich wurde die Zusammenkunft mit Lied und Gebet beendet. Die Gläubigen strömten nach Hause, um sich in den wenigen verbleibenden Stunden auf den großen Gerichtstag vorzubereiten. Hans-Jürgen und Didi waren natürlich nicht aufgetaucht. Jakob fühlte sich schlecht, weil er versagt hatte. Er glaubte fest daran, dass sein Freund den Tod nicht verdienen würde. Hans-Jürgen war kein böser Mensch. Und auch Didi war eigentlich ganz in Ordnung. Die Aussagen des Ostdeutschen hatten sich in Jakobs Kopf festgesetzt. Weil er gar nicht so unrecht hatte.

Monika stand vor dem Spiegel und drehte unzählige Lockenwickler in ihr dünnes Haar. Jakob saß auf dem kalten Küchenboden, den alten Küchentisch und die Stühle hatte Monika beim Flohmarkt um ein paar Schilling hergegeben. Er starrte durch seine Mutter hindurch und versuchte sich an all die Sünden zu erinnern, die er in seinem kurzen Leben begangen haben könnte. Einmal hatte er Bruder Zettl in der montäglichen Bibelstudienrunde aufgrund seiner starken Körperbehaarung als Affen bezeichnet. Er musste sich daraufhin entschuldigen und ihm wurde verziehen. Beim Putzdienst hatte er im Saal verbotenerweise den Plattenspieler ausprobiert und dabei die teure Nadel abgebrochen. Seine Mutter musste die Nadel bezahlen, er musste sich entschuldigen und ihm wurde vergeben. Ein anderes Mal hatte er vorgegeben krank zu sein, weil er nicht in den Missionsdienst gehen wollte. Dafür hatte er sich beim Schöpfer im Gebet entschuldigt. Sonst fielen ihm im Moment keine größeren Vergehen ein. Nur eine einzige Sünde bereitete ihm noch Bauchschmerzen.

»Mama«, setzte Jakob vorsichtig an, »wenn jemand einmal geraucht hat, kann der dann trotzdem ins Paradies kommen?«

»Wenn er bereut hat und es nicht mehr macht, dann schon«, antwortete Monika, ohne ihre Wickeltätigkeit zu unterbrechen.

Jakob schloss die Augen und sendete schnell ein stilles Gebet an die Zimmerdecke, in dem er dem Schöpfer versicherte, das einmalige Rauchen im Aufenthaltsraum der Bierführer und alle anderen Sünden, die ihm gerade nicht einfielen, zu bereuen.

»Ich hab auch geraucht«, unterbrach Monika das Gebet ihres Sohnes.

Jakob öffnete die Augen und sah seine Mutter überrascht an.

»Vor deiner Geburt. Als ich mit dir schwanger war, hab ich aufgehört. Und der Schöpfer hat mir verziehen.«

Auf das Geständnis folgte ein langer Moment der Stille. Konnte sie wissen, dass er geraucht hatte? Monika drehte sich zu ihrem Sohn um. Als sie den zerknirschten Ausdruck in seinem Gesicht sah, ging sie zu ihm und kniete sich vor ihm auf den Boden.

»Jakob, du musst keine Angst haben. Jeder macht Fehler. Und du bist was ganz Besonderes. Das hab ich schon während der Schwangerschaft gemerkt. Ich hab da eine ganz starke Verbindung zu Gott gespürt. Es war bei mir auf einmal der starke Wunsch da, etwas für ihn zu tun, ihm etwas zu geben. Und ein paar Tage nach deiner Geburt sind dann Schwester Pölzl und Schwester Voglhuber vor der Tür gestanden. Der Schöpfer hat dich auserwählt, Jakob. Du brauchst keine Angst haben.« Monika sah ihrem Sohn lange in die Augen und streichelte mit der Hand sanft über seine Wange. Dann richtete sie sich auf und ging ins Schlafzimmer.

»Jakob, weißt du wo das Bügeleisen ist?«, hörte er sie nach einer Weile von dort fragen.

»Das hab ich verkauft«, rief er zurück. »Wir dürfen doch nichts mitnehmen und ich hab gedacht, das brauchen wir nicht mehr.«

Monika kam mit einigen Kleidungsstücken über dem Arm und einem verzweifelten Ausdruck im Gesicht zurück in die Küche. »Und wie soll ich jetzt die Wäsche für morgen bügeln?«

Jakob zuckte mit den Schultern. Monika sah sich in der Küche um. Einer spontanen Eingebung folgend, fischte sie einen Kochtopf aus der Spüle, stellte ihn auf die passende Kochplatte und drehte den Regler auf die höchste Stufe. Dann legte sie die Kleidungsstücke auf dem Kühlschrank ab und breitete Jakobs weißes Hemd auf dem Boden aus. Als der Topf begann, bedrohliche Knackgeräusche von sich zu geben, nahm Monika ihn vom Herd und führte ihn wie ein vorsintflutliches Bügeleisen über den Stoff. Nachdem Jakob ihr eine Weile zugesehen hatte, stand er auf, holte sein illustriertes Kinderbuch mit biblischen Geschichten aus dem Schlafzimmer und setzte sich an der selben Stelle wieder auf den noch warmen Küchenboden. Dieses Buch begleitete ihn seit dem Kleinkindalter, daraus hatte er sein gesamtes biblisches Grundwissen bezogen. Dementsprechend gut kannte er sich darin aus, die meisten Kapitel konnte er alleine aufgrund der Abbildungen auswendig nacherzählen. Er blätterte zum dritten Kapitel, in dem auf einer bunten Zeichnung das erste Menschenpaar im Paradies zu sehen war. Der vollbärtige Adam zeigte der überaus hübschen Eva gerade die Tierwelt, die sich wie für ein Gruppenfoto im prächtigen Garten Eden versammelt hatte.

»Werden im Paradies alle nackt sein«, fragte Jakob, nachdem er die Abbildung gründlich studiert hatte.

»Ich weiß es nicht«, antwortete Monika und stellte den Topf zum Aufwärmen wieder auf den Herd.

»Adam und Eva waren auch nackt.« Jakob drehte das Buch um und zeigte seiner Mutter die Illustration. Offensichtlich war das erste Menschenpaar auf dieser Zeichnung unbekleidet.

»Kannst du mir den Bibelvers mit den zahmen Tieren noch einmal vorlesen?«, bat Monika. »Den finde ich so schön. Ich glaub das war Jesaja.«

Jakob legte das Geschichtenbuch zur Seite, stand auf und holte seine Bibel aus dem anderen Zimmer. Wenige Sekunden später hatte er die entsprechende Bibelstelle gefunden.

»Und der Wolf wird tatsächlich eine Zeit lang bei dem männlichen Lamm weilen«, las er, »und der Leopard wird bei dem Böckchen lagern, und das Kalb und der mähnige junge Löwe und das wohlgenährte Tier, alle beieinander, und ein noch kleiner Knabe wird sie führen.«

»Das wirst du sein«, sagte Monika mit einem seligen Lächeln auf den Lippen.

»Ich bin aber nicht mehr klein.«

»Nein, natürlich nicht.«

»Aber wie wissen die Löwen, dass sie uns nicht mehr fressen dürfen?«

»Gott ist allmächtig, er wird das den Löwen sagen.« Monika breitete nun ihre Bluse auf dem Boden aus und bügelte sie mit dem heißen Topf. »Ich freue mich auf meine Eltern. Ich hoffe, dass sie auferstehen werden. Dann lernst du deinen Opa und deine Oma kennen. Weißt du, ich war sehr jung, als sie gestorben sind. Ich war auf einmal ganz allein, ich hab nichts gehabt und war mit dir schwanger. Die Brüder und Schwestern haben mir geholfen. Und mich auf den rechten Weg gebracht.«

»Ich würd aber gern meinen Papa kennenlernen. Wie ist der so?«

»Ein Hallodri ist der, ein Weiberheld. Der muss dich nicht interessieren.«

»Wird er vernichtet?«

»Ganz bestimmt. Aber im Paradies werde ich heiraten und dann bekommst du einen neuen Papa.«

»Bruder Petrovic?«

»Vielleicht.« Monika lächelte verschämt. »Du solltest jetzt aber noch ein bisschen schlafen. Wir müssen in ein paar Stunden schon wieder losgehen.«

Im Schlafzimmer schob Jakob den muffigen Vorhang vor dem Fenster zur Seite. Er starrte in die Dunkelheit und hoffte, seinen Freund ein letztes Mal vor dem Haus zu sehen. Doch da war niemand. Im gegenüberliegenden Häuserblock waren nur noch wenige Fenster beleuchtet. Die Menschen schliefen zum letzten Mal in ihren warmen Betten.

Jakob deckte den Vogelkäfig mit einem alten Geschirrtuch zu und legte sich ins Bett. Doch an Schlaf war nicht zu denken. Sein Magen rebellierte, während ihm zahllose Gedanken und Erinnerungen wie ein wirrer Fiebertraum im Kopf herumgeisterten. Der erste Schultag inmitten von fremden Kindern. Schwimmen am Rand des großen Beckens. Die ersten Meter mit dem Klapprad der Mutter geschafft. Süßigkeiten im Supermarktregal. Die Mitschülerin, die ihr Leibchen hochzieht, um ihm ihre nicht vorhandenen Brüste zu zeigen. Schlittenfahren am benachbarten Rodelhügel. Die Weihnachtslieder im Supermarkt. Verwandte, die keine Weihnachtsgeschenke schicken, weil Monika den Kontakt abgebrochen hat. Sein Vater vor dem Reisebus. Hans-Jürgen, der ihm den Ball zu kickt. Didi mit seinen gotteslästerlichen Sprüchen. Die kleinen Blitze in der Glaskugel. Feuersäulen, die vom dunklen Himmel schießen. Zerstörte Gebäude. Leichenberge.

Jakob wälzte sich unruhig im Bett hin und her. Warum war Gott so grausam? Es musste doch eine Möglichkeit geben, den Schöpfer gnädig zu stimmen. Gott hatte ihn persönlich auserwählt, er musste doch etwas unternehmen können. Oder es zumindest versuchen. Fredi schickte ein schläfriges Zwitschern aus dem abgedeckten Käfig in den stillen Raum. Und Jakob hatte eine göttliche Eingebung.

HARMAGEDON

Kurz vor halb zwölf wurde Jakob von seiner Mutter geweckt. Der Schlaf hatte irgendwann doch noch seinen erlösenden Mantel auf den gequälten Jungen gelegt. Murrend hob er die schweren Augenlider und erkannte die unscharfen Umrisse von Monika vor seinem Bett. Sie trug Unterwäsche und hatte ihr Haar zu einem voluminösen Dauerwellengebilde hochfrisiert. Er fragte sich, wie sie das mit ihren dünnen Haaren hinbekommen hatte.

»Wir müssen gehen«, flüsterte Monika.

Jakob quälte sich aus seinem Bett und schlüpfte wie in Trance in sein weißes Hemd und die Anzughose, zog die vorgebundene Krawatte um den Kragen fest und versenkte seinen schmalen Oberkörper in dem viel zu großen Sakko. Seine Mutter hatte mittlerweile einen knielangen, beigen Rock angezogen und war gerade dabei, die frisch gebügelte Bluse über dem BH zuzuknöpfen. Wenige Minuten später waren die beiden bereit, ihre alte Wohnung und ihr altes Leben für immer zu verlassen. Jakob zog das Geschirrtuch vom Vogelkäfig, was mit einem überraschten Zwitschern von Fredi kommentiert wurde.

»Wir müssen jetzt gehen«, sagte Jakob und hob den Käfig von der Anrichte.

Im Vorraum drehte sich Jakob um und warf einen letzten Blick in die Küche, die er nie wieder sehen würde.

»Dreh dich nicht um«, ermahnte ihn Monika. »Du willst doch nicht wie Lots Frau als Salzsäule enden?«

Schnell wandte sich Jakob wieder der Tür zu und folgte seiner Mutter in die unheimliche Stille des Stiegenhauses.

Um diese Uhrzeit wirkte die Kleinstadt wie ausgestorben. Keine Menschenseele war auf den Straßen unterwegs, die dunklen Fenster der Häuser zeigten keinen Schimmer von Leben. Es wirkte fast so, als wären die Bewohner allesamt vor dem drohenden Unheil aus der Stadt geflüchtet. Hätte jetzt jemand aus dem Fenster geschaut, hätte sich der Person ein eigenartiges Bild dargeboten: Eine elegant gekleidete junge Frau mit Dauerwelle, die es scheinbar eilig hat, aus der Stadt zu kommen und ein Junge im Anzug, der einen Vogelkäfig durch die Nacht trägt.

Fünfzehn Minuten später bogen die beiden auf einen schmalen Spazierweg ab, der von der Hauptstraße auf den baumlosen Galgenkogel führte. Weitere fünf Minuten später konnte Jakob im hellen Mondschein bereits einzelne Gestalten auf der Anhöhe erkennen. Viele Brüder und Schwestern waren bereits da, einige erreichten den flachen Kogel gerade erst über einen zweiten Weg.

Oben angekommen wurden Monika und Jakob von Bruder Voglhuber in Empfang genommen. Der Vorsitzende leuchtete mit einer Taschenlampe erst in ihre verdutzten Gesichter, dann auf den Vogelkäfig.

»Keine weltlichen Dinge mitnehmen, haben wir gesagt!«

»Deine Taschenlampe ist auch ein weltliches Ding«, wollte Jakob erwidern, tat es aber nicht. »Der Fredi ist ein Lebewesen«, sagte er stattdessen, »und Noah hat vor der Sintflut auch Tiere in die Arche mitgenommen.«

Bruder Voglhuber dachte kurz nach und nickte dann. »Ich werde das mit dem Komitee besprechen.«

Er ließ Monika und Jakob stehen, rief Bruder Frank und Bruder Pfeiffer zu sich und beriet sich etwas abseits der anderen flüsternd mit den beiden Komiteemitgliedern. Bei Jakob wuchs inzwischen die Sorge, dass die Ältesten ihm den Käfig wegnehmen könnten. Ohne Fredi wäre sein Plan zum Scheitern verurteilt. Unendliche Minuten später kam der Vorsitzende mit ernster Mine zurück. Jakob hielt die Luft an.

»Du kannst den Vogel behalten«, raunte ihm Bruder Voglhuber zu. »Aber im Paradies musst du ihn freilassen.«

Jakob atmete erleichtert aus. »Okay. Danke.«

Er stellte den Käfig vorsichtig im Gras ab und sah sich um. Die Brüder und Schwestern, die er im Mondlicht erkennen konnte, waren festlich gekleidet. Einige hatten Decken mitgebracht, die sie jetzt auf dem Boden ausbreiteten. Waren Decken keine weltlichen Gegenstände? Eine Streitfrage. Kleidung war eigentlich auch weltlich. Und niemand war nackt gekommen. Jakob setzte sich ins Gras und bemerkte im selben Moment, dass es nass war. Seine Mutter hatte natürlich keine Decke mitgenommen.

Nach einer Weile hatten sich Jakobs Augen an die Dunkelheit gewöhnt und er konnte mehr Details in den silhouettenhaften Figuren erkennen. Auf einer Decke in der Nähe schlief Miriam neben ihrer Mutter. Waren das Kühlboxen, die da neben ihr auf der Wiese standen? Bruder Voglhuber ging durch die Reihen und zählte die Anwesenden. Einige Glaubensgeschwister beteten, andere starrten in die Dunkelheit. Bruder Frank beruhigte Schwester Zettl, die schon wieder am Rand eines Nervenzusammenbruchs war. Ihr Mann war nirgends zu sehen. Der Zettl-Affe war wahrscheinlich schon wieder auf der Jagd nach einer jungen Schwester. Wo war eigentlich Eva? Jakob hatte sie noch nirgends gesehen.

»Mama, wo ist die Eva?«

»Komm, wir gehen sie suchen«, sagte Monika und war auch schon auf dem Weg.

Jakob stand auf, schnappte sich den Vogelkäfig und hastete seiner Mutter hinterher. Warum konnte sie nie auf ihn warten? Monika eilte durch die versammelte Menge, schüttelte einigen Personen die Hand und erkundigte sich nach Schwester Bischof. In der Gemeinschaft war es gewünscht, dass man bei Zusammenkünften möglichst jeden Bruder und jede Schwester persönlich begrüßte. Besonders von Kindern wurde diese Geste des Respekts erwartet. Also trottete Jakob mit seinem Käfig hinterher und reichte all jenen die Hand, die auch von Monika begrüßt worden waren. Nach unzähligen Handschlägen war klar: Niemand hatte Eva gesehen. Monika steuerte mit panischem Gesichtsausdruck auf Bruder Voglhuber zu. Beim Vorsitzenden angekommen, wartete sie, bis er ihr seine Aufmerksamkeit zuwandte.

»Die Eva ist noch nicht da«, sagte sie so demütig wie möglich.

»Ich weiß«, sagte Bruder Voglhuber ruhig. »Ich hab früher alle durchgezählt.«

»Ja aber … dann müssen wir doch was unternehmen.«

Alexander zog die buschigen Augenbrauen hoch. »Was willst du unternehmen? Jeder ist am Gerichtstag für sich selbst verantwortlich. Schwester Bischof ist in der Wahrheit noch nicht so gefestigt, vielleicht hat sie sich gegen Gottes Königreich entschieden.«

Monika schüttelte energisch den Kopf. »Nein, das glaub ich nicht. Ich werde hinuntergehen und sie holen.«

»Willst du wirklich die schützende Herde verlassen und in Harmagedon umkommen? Denk an deinen Sohn.«

Monika drehte sich zu Jakob um und sah ihm in die Augen. An ihrem starren Blick konnte er sofort ablesen, dass in ihr ein gewaltiger Kampf tobte. Jakob traute seiner Mutter durchaus zu, dass sie ihn alleine auf dem Galgenkogel zurücklassen würde, um ein verlorenes Schaf zu retten. Aber er konnte sich nicht vorstellen, dass sie sich gegen die Anweisung eines Ältesten auflehnen würde. Bange Sekunden später nahm Monika die Hand ihres Sohnes, zog ihn einige Meter vom Vorsitzenden weg und setzte sich ins Gras. Jakob setzte sich neben sie.

»Was machen wir jetzt?«, fragte er vorsichtig.

»Wir warten«, antwortete sie knapp.

Jakob war klar, dass es jetzt keinen Sinn hatte, weitere Fragen zu stellen. Er ließ das Sakko von den Schultern gleiten, breitete es hinter sich auf dem Boden aus und stellte fest, dass sein zusammengerollter Körper fast zur Gänze darauf Platz fand. Wenige Minuten später war er eingeschlafen.

Ein heller Schein brannte sich durch die geschlossenen Augenlider auf die Netzhaut. War das schon der Eingang zum Paradies, der von den Cherubim bewacht wurde? Jakob öffnete die Augen und blinzelte gegen das helle Licht an. Es dauerte einige Augenblicke bis er erkannte, was er sah. Von der Anhöhe aus hatte man einen wunderbaren Ausblick auf die umliegende Hügellandschaft und die kleine Stadt, über der gerade die Sonne aufging.

Brüder und Schwestern erhoben sich von ihren Decken, streckten sich, strichen ihre Kleidung glatt, wischten mit Spucke Schmutz von den Mündern ihrer Kinder weg. Jakob sah sich um. Eva war anscheinend noch immer nicht aufgetaucht. Und Feuersäulen waren auch noch nicht in Sicht. Die Glaubensgeschwister standen ratlos herum, schauten in den wolkenlosen Himmel, warfen sich bedeutungsvolle Blicke zu. Es schien so, als wüsste niemand so recht, wie man diesen großen Tag gebührend beginnen sollte. In den vielen Büchern der Gemeinschaft gab es auch keine richtige Anleitung, was man zu tun hatte. Irgendwas von vier Apokalyptischen Reitern stand in der Bibel, doch auch von denen war bis jetzt noch nichts zu sehen. Die Vögel führten ihren Morgengesang auf, Fredi stimmte mit ein, ein

Schmetterling landete neben Jakob auf der gelben Blüte eines Löwenzahns.

»Lasset uns beten!«

Der Ruf von Bruder Voglhuber brachte Bewegung in die Menge. Über siebzig Köpfe senkten sich gleichzeitig zum Gebet. Jakob blinzelte durch ein halb geöffnetes Auge. Alexander breitete seine Arme aus und sah zum Himmel.

»Allmächtiger Schöpfer, Herr und Richter!«, betete der Vorsitzende so laut, dass man es wahrscheinlich noch am Fuß des Galgenkogels hören konnte. »Wir stehen nun voller Ehrfurcht vor Dir und erwarten Dein Urteil. Bitte vergib uns unsere Sünden, beschütze uns an diesem Tag des Jüngsten Gerichts und führe uns in Dein Paradies auf Erden. Wir sind bereit und lobpreisen Dich! Amen!«

Das »Amen« aus neunundsechzig Mündern hallte über den Hügel.

»Amen!«, rief eine atemlose Frauenstimme etwas zu spät.

Die dazugehörige Frau konnte Jakob noch nicht sehen. Ein Raunen ging durch die Menge, die Blicke der Gläubigen wandten sich der Stimme zu. Eine wohlbekannte Gestalt, die allerdings in einem ungewohnt züchtigen Rock steckte, hastete den Hügel hinauf. Eva! Sofort war Jakobs Magen mit tollwütigen Schmetterlingen gefüllt.

»Entschuldigung«, rief Eva den staunenden Brüdern und Schwestern zu. »Ich hab verschlafen. Der Wecker hat nicht geklingelt.«

So, als wäre nichts dabei, am Tag des Jüngsten Gerichts einfach zu verschlafen, tänzelte die junge Frau lächelnd durch die versammelte Menge. Einige Glaubensgeschwister schüttelten den Kopf. Eva steuerte jetzt zielstrebig auf Monika und Jakob zu.

»Hab ich was verpasst?«, fragte sie, nachdem sie beide mit einem kräftigen Händedruck begrüßt hatte.

»Ich bin so froh, dass du da bist«, sagte Monika. »Du hättest vernichtet werden können.«

»Ach was. Unkraut vergeht nicht. Wie steht mir dein Rock?« Eva drehte sich einmal um die eigene Achse.

»Sehr gut«, antwortete Monika. »Er steht dir sehr gut.«

Jakob war da anderer Meinung. Er fand, dass die kurzen, engen Röcke viel besser zu ihr passten.

Eva zog eine Thermoskanne aus ihrer großen Handtasche, schraubte sie auf, goß eine braune Flüssigkeit in den Becher und hielt ihn Monika hin. »Kaffee?«

Von der Stadt drangen die typischen Geräusche eines ganz normalen Morgens zu den Gläubigen herauf. Jakob schätzte, dass es ungefähr neun Uhr sein musste. Wie die anderen, hatte auch er keine Armbanduhr auf den Hügel mitgebracht. Ein Zeitmesser wäre im Paradies nicht mehr nötig, hatten die Ältesten gesagt. Es würde sowieso eine neue, göttliche Zeitrechnung eingeläutet werden. Und außerdem besaß Jakob gar keine Armbanduhr, die er hätte mitnehmen können.

Bruder Frank ging jetzt mit seinen Kühlboxen durch die Reihen, Veronika und Miriam verteilten kleine Alufolienpakete an die Versammelten. Die Franks spendierten wieder einmal das ganze Essen, sie waren ja auch die reichsten in der Versammlung. Markus hatte eine leitende Position im großen Transformatorenwerk innegehabt, sie besaßen ein schönes Haus im teuersten Viertel, fuhren immer die neuesten Autos und konnten sich scheinbar alles leisten. Jakob merkte erst jetzt, wie hungrig er eigentlich war. Miriam drückte ihm ein Paket in die Hand.

»Für dich«, sagte sie lächelnd.

»Danke«, sagte Jakob ernst.

Als Miriam weit genug weg war, schälte er die Alufolie ab und biss gierig in die sparsam gefüllte Extrawurstsemmel. Schlagartig hatte sich die Szenerie auf dem Galgenkogel in ein endzeitliches Picknick verwandelt. Jakob blieb der letzte Bissen im Hals stecken, als er sah, dass sich Eva mit einem süffisanten Lächeln zu Bruder Petrovic auf die Decke setzte. Er hustete die kostbaren Reste der Semmel aus und dachte nach. Augenblicke später blieb er wie zufällig vor Walters Decke stehen.

»Ah, Bruder Petrovic«, sagte er mit gespielter Überraschung, »wie war eigentlich der Missionsdienst mit meiner Mutter?«

Eva warf dem jungen Bruder einen vielsagenden Blick zu. »Du und Monika?«

»Nein so ist das nicht«, verteidigte sich Walter mit hochrotem Kopf.

»Ach ja, wie ist es dann?«, bohrte Eva nach.

»Wir waren nur im Dienst gemeinsam, sonst nichts.«

»Ist schon klar«, sagte Eva, stand auf und ging mit einem neckischen Lächeln davon. Jakob lächelte ebenfalls.

Es kam so, wie es immer kam, nachdem Jakob die erste Mahlzeit des Tages zu sich genommen hatte. Er ging zu seiner Mutter und unterbrach ihr Gespräch mit Schwester Pölzl.

»Mama«, sagte er mit schmerzverzerrtem Gesicht, »ich muss aufs Klo.«

Monika sah sich um. »Geh dort hinter den Busch.« Sie zeigte auf einen kleinen Strauch, der etwas Abseits stand und für Toilettengänge in freier Natur wie geschaffen war.

»Es ist fast so, als hätte der Schöpfer ihn extra für dich dorthin gepflanzt«, sagte Schwester Pölzl lachend.

»Aber ich muss groß.«

Schwester Pölzl hob ihre Handtasche hoch, kramte darin herum, zog eine Packung Taschentücher hervor und hielt sie Jakob hin.

»Ich kann da nicht«, jammerte Jakob und sah seine Mutter flehentlich an.

»Aber wir können nicht weg«, sagte Monika. »Du musst da gehen.«

»Ich kann nicht. Du weißt das.«

»Dann musst du zurückhalten.«

»Wie lang noch?«

Monika zuckte mit den Schultern und sah Schwester Pölzl fragend an. Auch die zuckte nur mit den Schultern. Jakob betrachtete misstrauisch die Umgebung. Dann gab er sich einen Ruck, nahm die Taschentuchpackung entgegen und ging langsam auf den Toilettenstrauch zu. Die Pflanze war groß genug, um einen Menschen in der Hocke vollständig zu verbergen. Es sah auch niemand zu ihm herüber. Der Zeitpunkt war gut. Jakob stand vor dem Busch und stieg von einem Bein auf das andere. Eine qualvolle Minute verstrich. Es ging einfach nicht. Er drehte sich um und Miriam stand vor ihm.

»Was machst du da?«, fragte sie.

»Nichts«, antwortete Jakob.

Miriam schaute auf die Taschentuchpackung in Jakobs Hand. »Musst du aufs Klo?«

»Nein«, sagte Jakob entrüstet.

»Komm mit.«

Bevor Jakob widersprechen konnte, hatte sich Miriam umgedreht und ging mit entschlossenen Schritten zurück zu den Gläubigen. Jakob folgte ihr. Sie stellte sich vor Bruder Voglhuber und wartete erst gar nicht, bis er sein Gespräch beendet hatte.

»Bruder Voglhuber«, sagte sie mit fester Stimme, »weißt du, wie lange es noch dauern wird?

Jakob staunte, dass sich Miriam traute, so ungezwungen mit dem Vorsitzenden zu reden.

»Miriam«, antwortete er und es klang, als würde er mit einem begriffsstutzigen Kind reden, »du musst Geduld haben. Vertraue auf unseren Allmächtigen Schöpfer. Er wird den richtigen Zeitpunkt wählen.«

»Aber der Jakob muss dringend aufs Klo. Groß. Und da traut er sich nicht.«

Wieder war da so ein Moment, in dem sich Jakob am liebsten in Luft aufgelöst hätte. Wie konnte Miriam so was sagen? Er wollte etwas entgegnen, doch Bruder Voglhuber kam ihm zuvor. Er zeigte auf den selben Busch, den Schwester Pölzl für ihn ausgewählt hatte.

»Geh doch hinter den Busch dort«, schlug er vor.

»Ich kann da nicht«, sagte Jakob kleinlaut.

»Als die Israeliten vierzig Jahre durch die Wüste zogen, hatten sie auch kein Campingklo dabei. Der Schöpfer wird auch dir die Kraft geben, das auszuhalten.«

»Ja, aber wie lang muss er noch aushalten?«, bohrte Miriam nach.

Der Vorsitzende sah auf seine Armbanduhr. »Bis Mittag sollte es soweit sein.«

Die Sonne stand hoch am Himmel. Jetzt würden Jakobs Klassenkameraden bald aus dem Schulgebäude laufen, sie würden zu Hause mittagessen, die Hausaufgaben machen, und danach vielleicht ins Freibad gehen. Jakob spannte seinen Schließmuskel immer noch krampfhaft an. Sein Gesichtsausdruck spiegelte den unentspannten Zustand seines Verdauungstrakts wider. Miriam schaute von ihrer Decke aus zu Jakob herüber. Er drehte schnell den Kopf zur Seite. Im Augenwinkel konnte er erkennen, dass sie aufstand und wieder zu Bruder Voglhuber ging. Jakob konnte nicht hören, was die beiden besprachen. Doch da Miriam und der Vorsitzende immer wieder zu ihm herübersahen, war nicht schwer zu erraten, dass es wieder um seine Klosituation ging. Wenig später stand Miriam mit besorgtem Gesichtsausdruck vor ihm.

»Bruder Voglhuber sagt, dass es bis zum Abend soweit sein sollte. Hältst du es noch so lang aus?«

»Hör auf damit«, sagte Jakob genervt. »Ich brauch deine Hilfe nicht.«

Miriam sah beleidigt zu Boden und schlurfte davon. Im selben Moment bereute Jakob sein boshaftes Verhalten. Er war auch nicht besser als der blöde Lukas und seine doofen Handlanger, die ihn in der Schule immer tyrannisiert hatten.

Am Nachmittag beriet das Harmagedon-Komitee darüber, ob noch Extrawurstsemmeln und Wasserflaschen aus der Stadt besorgt werden sollten. Die Ältesten waren auf eine Verzögerung des Jüngsten Gerichts nicht vorbereitet, die Jausenpakete waren aufgebraucht und immer mehr Glaubensgeschwister klagten über Hunger und Durst. Da aber niemand das Risiko eingehen wollte, Harmagedon zu versäumen, wurde die Idee schnell wieder fallengelassen. Viele Brüder und Schwestern lagen jetzt erschöpft im Gras, schliefen oder suchten den Himmel nach Zeichen einer göttlichen Aktion ab. Eva vertrieb sich die Zeit mit Gymnastikübungen. Sie kniete auf allen Vieren auf ihrer Decke und streckte abwechselnd das linke und das rechte Bein nach hinten. Jakob saß mit seiner Mutter neben ihr und beobachtete sie. Immer wieder schauten Brüder verstohlen zu ihr herüber, wurden aber von ihren Ehefrauen mit einem Stoß in die Seite oder einer geflüsterten Ermahnung zum Wegsehen gezwungen. Jakob versuchte, einen Blick unter Evas Rock zu erhaschen, doch die Leihgabe seiner Mutter war einfach zu lang. Jetzt drehte sich Eva auf den Rücken, winkelte ein Bein an und streckte das andere in die Höhe.

Der Rock rutschte ein wenig nach oben. Petra Voglhuber flüsterte ihrem Mann etwas zu. Der Vorsitzende erhob sich aus der Menge, kam auf Eva zu und blieb an ihrem Fußende stehen. Jakob schätzte, dass er jetzt einen guten Blick zwischen ihre Beine haben musste.

»Schwester Bischof«, sagte Bruder Voglhuber ernst und sein Blick wechselte schnell von ihrem Schritt zum Gesicht, »kannst du das bitte unterlassen?«

Eva ließ ihr Bein sinken. »Was?«, fragte sie verwundert.

»Deine laszіven Turnübungen.«

»Das ist Aerobic. Das ist doch nicht verboten, oder?«

»Nein, aber manche Brüder und Schwestern finden das anstößig.«

Eva sah sich um. »Wirklich?«

»Du möchtest doch dem Schöpfer gefallen?«

»Klar.«

»Dazu gehört aber auch, die moralischen Grenzen deiner Mitbrüder zu respektieren.«

»Ja, okay.« Eva setzte sich auf und zog den Rock über die Knie.

»Danke.« Bruder Voglhuber drehte sich um und ging zu seiner Frau zurück. Eva schüttelte hinter seinem Rücken den Kopf.

»Spießer«, flüsterte sie so leise, dass nur Monika und Jakob es hören konnten.

Mittlerweile hatte sich Jakob mit dem permanenten Druckgefühl in seinem Unterleib arrangiert. Dafür machten ihm jetzt andere Bedürfnisse zu schaffen. Er wippte nervös mit den Beinen hin und her.

»Mama«, sagte er nach einer Weile, »ich glaub, Harmagedon kommt heute nicht mehr. Können wir nach Hause gehen? Ich hab Hunger. Und Durst.«

»Jakob, du darfst nicht zweifeln!«, fuhr Monika ihren Sohn im Flüsterton an. »Willst du umkommen?«

Kurz bevor die Sonne hinter den umliegenden Hügeln verschwand, änderte sich die freundliche Lichtstimmung plötzlich zu einem kalten Grau. Eine dunkle Wolkenfront schob sich vor den Sonnenuntergang und bewegte sich langsam auf die Stadt zu. Starker Wind kam auf. Es wurde still auf dem Hügel, die Gläubigen erhoben sich und schauten gespannt zum Horizont. Auch Fredi hüpfte nervös zwitschernd in seinem Käfig hin und her. Eine Stunde später hatte sich eine bedrohliche Wolkendecke über den Galgenkogel gelegt. Es begann zu regnen. Natürlich hatte niemand einen Schirm dabei, denn das Paradies wurde in den Publikationen immer mit Sonnenschein und strahlend blauem Himmel dargestellt. Schlechtes Wetter war in der Neuen Ordnung undenkbar. Jetzt zuckten bereits Blitze über den Himmel, gefolgt von furchterregendem Donnergrollen. Jakob war aufgestanden und schaute wie seine Glaubensgeschwister ehrfürchtig nach oben. Die Szenerie sah aus wie die Zeichnungen von Harmagedon, nur die Feuersäulen fehlten noch. Doch auch die würde der Schöpfer sicher bald herunterschleudern. Ein Gefühl der Angst durchströmte Jakob wie eine Welle, er bekam weiche Knie. Monika nahm ihren Sohn an der Hand. Durchnässte Brüder und Schwestern umarmten sich, einige weinten, andere beteten flehentlich vor sich hin. Monika begann euphorisch und falsch zu singen, ihr Gesang ging aber im Heulen des Windes unter. Bruder Voglhuber streckte seine Hände in Richtung Himmel. Monika löste die Hand von Jakob und machte es dem Vorsitzenden nach. Jakob sah sich um. Alle Gläubigen hatten ihre Hände in den Himmel gestreckt und sahen nach oben. Das war der richtige Augenblick. Vorsichtig griff er sich den Vogelkäfig und schlich damit hinter den Toilettenstrauch. Niemand bemerkte ihn. Dort angekommen, stellte er den Käfig im nassen Gras ab und ging vor seinem Wellensittich auf die Knie. Er spürte einen Kloß im Hals und schluckte.

»Tut mir leid, Fredi«, presste er hervor. »Ich hab dich lieb.«

Fredi schüttelte Tropfen von seinem Gefieder und antwortete mit einem nervösen Zwitschern.

Jakob stand auf, fasste den Käfig an der Wanne und hob ihn so hoch wie möglich über seinen Kopf. Regenwasser lief ihm über das Gesicht und vermischte sich mit seinen Tränen.

»Allmächtiger Schöpfer!«, schrie er in den Himmel. »Hier spricht der Jakob Feldhofer. Ich weiß, dass du heute alles zerstören willst und dass du die Bösen vernichten willst. Aber ich bitte dich, tu das nicht. Es sind nicht alle Menschen böse, auch wenn sie nicht zu den Lobpreisern Jahwes gehören. Und eigentlich ist es ganz schön da, wie es ist. Es ist auch nicht so schlau, alles zu zerstören, weil wir dann alles wieder neu aufbauen müssen.«

Jakob holte tief Luft und setzte zum Endspurt an.

»Ich weiß, dass du immer ein Opfer haben willst. So, wie bei deinem Sohn Jesus. Deshalb habe ich dir heute meinen

Freund Fredi mitgebracht. Ich hab ihn wirklich sehr gern. Bitte nimm ihn als Opfer."

Nichts passierte. Irrlichter zuckten in den Wolken hin und her, der Regen prasselte weiter auf Jakob ein. Seine Arme begannen vor Schmerz zu zittern. Lange würde er es nicht mehr aushalten. Als er schon am Ende seiner Kräfte war, löste sich ein Blitz aus der dunklen Wolkenmasse und schlug in den Vogelkäfig ein. Jakob spürte einen grellen Stich im ganzen Körper. Der Käfig wurde ihm aus den Händen gerissen, er wurde zu Boden geschleudert und verlor das Bewusstsein.

Als Jakob wieder zu sich kam, hatte der Regen aufgehört. Die Wolken verzogen sich und gaben den Blick auf einen sternenklaren Himmel frei. Langsam erinnerte er sich, was geschehen war. Er wollte sich hochstemmen, doch ein lähmender Schmerz im ganzen Körper hinderte ihn daran. Einige Minuten blieb er reglos liegen. Als das Pochen in seinem Kopf nachgelassen hatte, versuchte er es wieder. Diesmal schaffte er es, seinen Oberkörper so weit zu heben, dass er sich im Mondlicht umsehen konnte. Der Käfig lag ein paar Meter entfernt seitlich auf dem Boden. Jakob drehte sich auf die Seite, die Schmerzen trieben ihm dabei die Tränen in die Augen. Auf allen Vieren robbte er zu seinem Freund. Als er beim Käfig ankam, blieb ihm die Luft weg. Fredi lag mit geschlossenen Augen reglos auf den Gitterstäben. Jakob öffnete das Türchen, hob den zarten Körper heraus und hielt ihn nah an sein Gesicht.

»Fredi?«, flüsterte er.

Der Vogel atmete nicht. Tränen liefen über Jakobs Wangen. Der Schöpfer hatte sich sein Opfer geholt. Nach einigen Minuten der stillen Trauer hob er den Käfig auf, legte den leblosen Körper vorsichtig hinein und schloß die Tür. Dann trottete er langsam zurück zur Gruppe der Gläubigen. Die Schmerzen ignorierte er so gut es ging.

Eine unheimliche Stille hatte sich über den Hügel gelegt. Als Jakob mit dem Käfig durch die Reihen seiner Glaubensgeschwister schlich, blickte er in enttäuschte Gesichter. Er fand seine Mutter genau an der Stelle, an der er sie verlassen hatte. Sie starrte schweigend in den Himmel und bot einen traurigen Anblick. Das voluminöse Dauerwellengebilde war zusammengefallen, die nassen Haare klebten jetzt wie dunkle Würmer auf ihrem Kopf, der BH schimmerte unter der durchnässten Bluse hervor.

Nachdem sich die Gläubigen etwas gefasst hatten, wurde das Harmagedon-Komitee mit Fragen bestürmt. Die Ältesten ermahnten ihre Jünger zur Geduld. Vielleicht war das Gewitter nur der Vorbote zum eigentlichen Akt. Und schließlich müsse man auch die Zeitverschiebung nach New York berücksichtigen. Die Brüder und Schwestern verteilten sich also wieder auf dem Hügel und warteten weiter auf den Beginn des Jüngsten Gerichts. Monika setzte sich still ins nasse Gras. Jakob legte sich zu ihr, bettete seinen Kopf in ihren Schoß und schlief sofort ein.

Gegen Mitternacht machte sich Unruhe auf dem Galgenkogel breit, rundherum wurde gemurmelt. Das Harmagedon-Komitee hatte eine Krisensitzung einberufen. Die

Ältesten standen etwas abseits, steckten ihre Köpfe zusammen und diskutierten flüsternd miteinander. Unendliche Minuten später kehrten sie mit ernsten Minen zu ihrer Herde zurück. Die Gläubigen verstummten.

»Wir haben dem Schöpfer unser Anliegen im Gebet dargebracht«, sagte Bruder Voglhuber so laut, dass es alle auf dem Hügel hören konnten. »Nach reiflicher Überlegung haben wir beschlossen, dass es keinen Sinn macht, noch länger zu warten.«

Vereinzelt war leiser Protest zu hören. Eva sprang auf.

»Wir sollen jetzt einfach nach Hause gehen?«, rief sie dem Vorsitzenden zu.

»Es ist Gottes Wille und er wird sicher einen Grund dafür haben!«

»Und was soll das für ein Grund sein?«

»Vielleicht bist du der Grund, Schwester Bischof! Hast du gesündigt?« Alexander wandte sich an die Menge. »Hat jemand von euch gesündigt?«

Niemand antwortete. Die Brüder und Schwestern erhoben sich, falteten schweigend ihre Decken zusammen und machten sich auf den Weg zurück in ihr altes Leben. Monika blieb wie paralysiert sitzen.

Eva legte ihr eine Hand auf die Schulter. »Komm, wir gehen nach Hause«.

Monika bewegte sich wie ein ferngesteuertes Wesen. Langsam stand sie auf.

Der Kopf von Jakob rutschte von ihrem Schoß und schlug auf dem Boden auf. Er schreckte hoch und sah sich verschlafen um. »Kann ich jetzt aufs Klo?«

POSTAPOKALYPSE

Als Jakob am Vormittag in seinem Bett aufwachte, steckte der Schmerz immer noch in seinen Gliedern. In seinem Hinterkopf pochte etwas mit grausamer Regelmäßigkeit gegen die Schädeldecke. Die Erinnerung an letzte Nacht schlich langsam in sein Gedächtnis zurück. Er hatte den göttlichen Blitzschlag überlebt. Und er hatte seinen geliebten Wellensittich geopfert. Mühevoll setzte er sich auf und sah sich im Zimmer um. Fredi lag tot in seinem Käfig. Das Schlafsofa seiner Mutter war unberührt. Jakob quälte sich aus seinem Bett und bemerkte, dass er immer noch die zerknitterte Anzughose und das gute Hemd trug. Als er aufstehen wollte, wurde er von einem heftigen Schwindelgefühl sofort wieder auf die Matratze befördert. Sein Kopf drohte zu explodieren. Nach einer Pause versuchte er es noch einmal etwas behutsamer und schaffte es, sich auf den Beinen zu halten. Schwankend ging er zum Fenster und sah hinaus. Das grelle Sonnenlicht schmerzte und es dauerte einige Sekunden, bis sich seine Augen an die Helligkeit gewöhnt hatten. Jetzt konnte er es sehen: Draußen war alles wie immer. Keine Zerstörung, kein paradiesischer Garten, keine zahmen Löwen. Stattdessen die doofe Hausmeisterin, die mit einem

Besen den Stiegenaufgang kehrte. Hatte er tatsächlich das Jüngste Gericht verhindert?

Jakob fand seine Mutter in der Küche. Sie saß auf dem Boden und starrte aus dem Fenster.

»Mama?«

Monika reagierte nicht.

»Mama, was ist mit dir?«, fragte er in einem Ton, der zugleich Verunsicherung und Sorge ausdrückte.

Wieder keine Reaktion seiner Mutter. Jakob eilte zum alten Küchenschrank, holte einen Topf hervor, füllte ihn mit Wasser und stellte ihn auf den Herd. Dann kletterte er auf die Ablagefläche und fischte einen Teebeutel aus dem obersten Fach. Wenige Minuten später hielt er Monika eine dampfende Tasse unter die Nase.

»Mama, Tee. Der hilft.«

Seine Mutter machte keine Anstalten, die Tasse entgegenzunehmen. Jakob stellte sie auf dem Boden ab. Er hockte sich hin und sah Monika an.

»Mama«, sagte er und hatte Mühe, seine Tränen zu unterdrücken, »ich wollte dir nicht wehtun. Ich hab Angst gehabt. Und ich wollte nicht, dass alle vernichtet werden und alles zerstört wird. Deshalb hab ich das gemacht. Verstehst du das?«

Monika antwortete nicht, sie sah ihren Sohn nicht einmal an. Jetzt kamen die Tränen. Sie liefen über Jakobs Wangen und tropften auf den Küchenboden.

»Es ist doch schön hier«, fuhr er mit zittriger Stimme fort. »Vielleicht ist das Paradies ja gar nicht so toll, wie alle sagen. Vielleicht ist es dort ja total langweilig. Man kann doch nicht den ganzen Tag Löwen streicheln. Und heiraten kannst du auch hier. Der Bruder Petrovic war schon mit dir im Missionsdienst. Das ist doch ein gutes Zeichen, oder?«

Jakob sah seiner Mutter lange in die Augen und wartete vergeblich auf eine Reaktion. Monika starrte einfach nur aus dem Fenster. Er wischte sich die Tränen aus dem Gesicht, stand auf und suchte in den Küchenkästen nach etwas Essbarem. Mit einem trockenen Stück Brot setzte er sich neben seiner Mutter auf den Boden. Während er an seinem Frühstück herumkaute, dachte er nach, wie er es schaffen könnte, dass sie nicht mehr auf ihn böse sein würde. Wahrscheinlich musste er einfach abwarten, irgendwann würde sie schon wieder mit ihm reden.

Im Schlafzimmer tauschte Jakob das Sonntagsgewand gegen ein kurzärmeliges Hemd und seine übliche braune Cordhose. Er setzte sich auf sein Bett, wartete, und starrte den Käfig mit dem toten Vogel an. Nach fünfzehn Minuten, die sich für Jakob wie eine Ewigkeit anfühlten, wurde ihm langweilig. Er stand auf, kniete sich auf den Boden und zog die *Comet* unter dem Bett hervor, wo er sie vor Monika versteckt hielt. Lautlos und mit regelmäßigen Kontrollblicken zur Schlafzimmertür spielte er mit dem Raumschiff Missionen von *Captain Future* und seiner Crew durch. Nach einer Stunde hatte er genug vom Retten des Universums und ihm war wieder langweilig. Er kramte in den Laden der verbliebenen Kommode nach seinen Bastelsachen, doch anscheinend hatte seine Mutter Pappe, Klebstoff und Schere vor dem Gerichtstag entsorgt. Sein Blick fiel wieder auf den Käfig. Er konnte Fredi doch nicht einfach hier liegen lassen. Irgendwann würde er verwesen und zu stinken beginnen. Dieses Problem hatte er in seinem Plan nicht berücksichtigt. Er erinnerte sich, wie es damals bei Jesus Christus gewesen war, als der seinem Vater sein Leben geopfert hatte. Plötzlich lag die Lösung des Leichenproblems glasklar vor Jakob. Er öffnete die Tür des Vogelkäfigs und musterte den Leichnam seines Freundes. Wie sollte er Fredi da raus bekommen, ohne sich zu übergeben? Ihm kam die Taschentuchpackung in den Sinn, die er von Schwester Pölzl bekommen hatte und die noch immer in seiner Anzughose stecken musste. Er zog ein Taschentuch aus der Packung, umwickelte damit den toten Vogel und hob ihn vorsichtig aus dem Käfig. Mit dem gruseligen Paket in der Hand ging er in den Vorraum, schlüpfte in seine Schuhe, die vom Regen immer noch nass waren, und informierte seine Mutter durch die offene Küchentür, dass er jetzt raus gehen würde, um seinen Freund zu begraben. Wie erwartet kam von Monika diesmal kein Widerspruch.

Mit zögerlichen Schritten machte sich Jakob auf den Weg durch die Stadt. Er befürchtete, dass vielleicht doch irgendwo Leichen liegen könnten. Möglicherweise hatte der Schöpfer statt den Feuersäulen unauffälligere Mittel verwendet, um die Weltlichen zu vernichten. Giftgas zum Beispiel oder radioaktive Strahlung. Er könnte auch ein Atomkraftwerk als Waffe benutzt haben. Also beobachtete Jakob die Umgebung sehr genau. Er suchte nach Veränderungen, die auf ein göttliches Eingreifen hinweisen könnten. Doch alles war so, wie es in der verschlafenen Kleinstadt immer war. Der Springbrunnen am Hauptplatz erfüllte seine Aufgabe ebenso vorbildlich wie der Straßenkehrer. Menschen erledigten Einkäufe in den Geschäften oder saßen ihre Zeit in Kaffeehäusern ab, die Fernseher im Schaufenster des Elektroladens zeigten das Programm genau nach Plan. Keine Spur von Tod und Vernichtung. Jakobs Gang wurde entspannter, zwischendurch sprang er sogar auf eine niedrige Mauer und balancierte darauf entlang.

Auf dem Galgenkogel deutete fast nichts mehr auf die verhinderte Apokalypse hin. Nur das Gras war von den Decken der Gläubigen noch an einigen Stellen niedergedrückt und vereinzelt lagen Alufolienkugeln und leere Wasserflaschen herum. Jakob versteckte sein Paket hinter dem Toilettenstrauch und suchte den Boden weiträumig nach brauchbarem Baumaterial ab. Es dauerte länger als erwartet, bis er endlich genügend Steine zusammengetragen hatte. Vorsichtig wickelte er Fredi aus dem Taschentuch und legte ihn ins Gras. Die Fundstücke stapelte er so um den Kadaver, dass sie eine schützende Höhle bildeten, ohne ihn zu verletzen.

»In drei Tagen komm ich wieder«, versprach er dem toten Vogel, bevor er die Grabstätte mit einem letzten Stein verschloss.

Zu Hause fand Jakob seine Mutter schlafend in ihrem Bett vor. Die Decke war zur Seite geschoben, sie trug nur ihre Unterwäsche, die Kleidung lag auf dem Boden. Behutsam zog er die Decke über ihren entblößten Körper. Für einige Sekunden wälzte sich Monika unruhig hin und her. Dabei murmelte sie Worte, die Jakob nicht verstehen konnte.

Gegen Abend weckte er seine Mutter, weil er Hunger hatte. Doch Monika drehte sich mit einem ungehaltenen Murren zur Wand und schlief weiter. Jakob holte sich trockenes Brot und ein letztes Stück Käse aus der Küche. Als es dunkel wurde, legte er sich schlafen.

Der nächste Tag verlief ähnlich wie der Tag zuvor. Abgesehen von ein paar lethargischen Toilettengängen verschlief Monika den ganzen Tag. Jakob sah immer wieder aus dem Fenster und hoffte, Hans-Jürgen im Hof zu entdecken. Er überlegte, ob er es riskieren könnte, mit ihm draußen zu spielen. In diesem Zustand würde es seine Mutter sowieso nicht merken. Doch der Nachbarsjunge war nirgends zu sehen. Zu Mittag kochte Jakob eine halbe Packung Nudeln, die er noch im Küchenschrank gefunden hatte. Einen Teller davon stellte er Monika mit einem Glas Wasser vor das Bett und versuchte, sie durch sanftes Zureden zur Nahrungsaufnahme zu bewegen. Am Abend war der Teller noch immer unberührt, aber zumindest war das Glas geleert.

Tag drei nach Harmagedon. Monika machte noch immer keine Anstalten, das Bett zu verlassen. Jakob zog sich an, aß die kalten Nudeln seiner Mutter zum Frühstück, putzte seine Zähne und schlich aus der Wohnung.

Auf dem Galgenkogel hockte sich Jakob vor die Grabstätte seines Wellensittichs. Ein übler Geruch stieg ihm in die Nase. Vorsichtig hob er den Stein von der Höhle. Fredi war noch da. Maden quollen aus dem Kadaver. Jakob übergab sich. Die unverdauten Nudeln vom Frühstück lagen jetzt im Gras. Er wischte den Mund an seinem Handrücken ab und sah in den Himmel. Der Schöpfer hatte seinen Sohn Jesus für die Menschheit geopfert und ihn nach drei Tagen auferweckt. Jakob hatte seinen besten Freund für die Menschheit geopfert und der war noch immer tot. Das war unfair.

Auf dem Weg zurück zur Wohnung blieb Jakob in sicherer Entfernung vor dem Hauseingang von Hans-Jürgen stehen. Er überlegte. Seine Mutter schlief wahrscheinlich noch. Im Moment konnte er also nichts für sie tun. Ihr würde gar nicht auffallen, dass er nicht zu Hause war. Und wenn doch, würde ihm schon eine geeignete Ausrede einfallen. Jakob gab sich einen Ruck, ging zur Haustür und läutete.

Didi öffnete die Tür. Diesmal trug er keine Hosen, dafür aber ein T-Shirt mit der Aufschrift *Led Zeppelin*. Jakob wusste, was ein Zeppelin war. Aber er hatte keine Ahnung, was das *Led* zu bedeuten hatte.

»Jakob«, sagte Didi gut gelaunt, »schön, dass du wieder mal kommst.«

»Ist der Hans-Jürgen da?«, fragte Jakob und versuchte, nicht auf die stark behaarten Beine von Didi zu starren.

»Klar, komm rein. Er ist im Zimmer.«

»Danke.«

Hans-Jürgen saß konzentriert an seinem Schreibtisch, rüttelte am Joystick und hämmerte dabei mit dem Finger auf den roten Knopf. Er begrüßte Jakob mit einem knappen »Hi«, ohne vom Bildschirm wegzusehen.

»Hallo«, sagte Jakob, »stör ich?«

»Nein, schon okay.«

Gebannt sah Jakob zu, wie sein Freund ein Flugzeug durch eine graue Landschaft steuerte und dabei Panzer, Hubschrauber und Gebäude abschoß. Didi kam ins Zimmer.

»Na, hast du das Spiel am Dienstag gesehen?«

»Was für ein Spiel?«, fragte Jakob.

»WM-Quali in Graz. Österreich gegen Zypern.«

Jakob erinnerte sich. Das Spiel war am gleichen Tag wie Harmagedon gewesen. »Nein«, antwortete er.

»Österreich hat vier null gewonnen. Aber für die WM hat es trotzdem nicht gereicht.«

»Aha.«

»Was ist eigentlich mit deinem Weltuntergang?«, wollte Didi jetzt wissen. »War der schon?«

»Nein. Also eigentlich schon, aber ich hab ihn verhindert.«

»Das fetzt«, mischte sich Hans-Jürgen ein. »Wie hast du das gemacht?«

»Ich hab Fredi geopfert.«

»Wer ist Fredi?«

»Mein Wellensittich.«

»Warum hast du das getan?«, fragte Didi.

»Gott will das so.«

»Warum sollte er so etwas wollen?«

Ja, warum eigentlich? Jakob musste wieder tief in seinem biblisch geschulten Gedächtnis nachforschen, um die Antwort zu finden. »Damit wird man von der Erbsünde reingewaschen«, sagte Jakob unsicher.

»Die Erbsünde?«

»Adam und Eva.«

»Was können wir für die Sünden von Adam und Eva?«

»Wir haben sie von ihnen geerbt.«

»Aha, okay. Wenn also deine Mutter Scheiße baut, musst du dafür bestraft werden? Und deine Kinder auch? Und deine Enkelkinder?«

»Nein, so ist das nicht.«

»Wie dann?«

Jakob waren die Argumente ausgegangen. »Gott ist allmächtig«, sagte Jakob, weil ihm gerade nichts Besseres einfiel. »Er hat uns erschaffen und kann über uns bestimmen.«

»Ah, da hab ich was für dich«, sagte Didi mit erhobenem Zeigefinger. »Pass gut auf: Wenn Gott allmächtig ist, kann der dann einen Stein erschaffen, der so schwer ist, dass er ihn selbst nicht hochheben kann? Und wenn er ihn nicht hochheben kann, ist er dann allmächtig? Das nennt sich das Allmachtsparadoxon. Denk mal drüber nach.«

Jakob dachte nach. Warum wurde in der Versammlung nie über so etwas gesprochen? Die *Lobpreiser Jahwes* behaupteten doch von sich selbst, alle Aspekte der biblischen Lehren zu betrachten. Warum tauchte ein logisches Argument wie dieses dann nirgends auf? Jakobs gedanklicher Ausflug in die Welt der Abtrünnigen wurde von Hans-Jürgen unterbrochen. Er hielt ihm den Joystick hin.

»Willste auch mal?«

Jakob zögerte. Dann griff er nach dem Spielgerät und setzte sich vor den Bildschirm.

»Was muss ich machen?«

»Du musst die Raketensilos der Russen zerstören und damit einen Atomangriff verhindern«, erklärte Hans-Jürgen. »Die Russen greifen dich aber auch an. Mit Panzern und Raketen. Die musst du abschießen. Mit dem roten Knopf.«

Hans-Jürgen drückte die Pause-Taste und Jakob begann sofort, wie ein schießwütiger Amokläufer wild drauf los zu feuern. Er bemerkte nicht, dass Hans-Jürgen seinem Vater einen bedeutungsvollen Blick zuwarf.

Jakob schloss leise die Wohnungstür und schlich in die Küche, um nach etwas Essbarem zu suchen. Plötzlich stand seine Mutter im Nachthemd vor ihm. Jakob fuhr erschrocken zusammen. Das Gesicht von Monika war fahl, unter den Augen zeichneten sich dunkle Ränder ab, ihre Haare waren plattgedrückt.

»Wo warst du?«, fragte sie kraftlos.

»Ich … ich war draußen«, stotterte Jakob. »Ich hab mir die Schöpfung angeschaut.«

»Zieh dich an«, sagte Monika. »Heute ist Versammlung.«

»Aber … warum gehen wir da hin?«

»Weil es der Schöpfer so will.«

»Aber Harmagedon ist doch nicht gekommen. Warum müssen wir jetzt noch in die Versammlung?«

»Der Schöpfer hat uns ein Paradies versprochen.«

»Aber es ist nicht gekommen.«

»Der Schöpfer hält seine Versprechen.«

»Aber was ist, wenn ich … wenn das nächste Mal auch wieder nichts passiert?«

»Wir müssen dem Schöpfer gehorchen. Dazu gehört auch die Versammlung. Deshalb gehen wir da jetzt hin.«

»Muss ich mitkommen?«, fragte Jakob vorsichtig und hoffte, dass sie die Frage mit »Nein« beantworten würde.

»Zieh dich an«, sagte sie stattdessen.

Jakob wollte noch etwas sagen, entschied sich dann aber dagegen und trottete ins Schlafzimmer.

Der Versammlungssaal war gut gefüllt. Fast alle Glaubensgeschwister waren anwesend, sogar die Sitzordnung war dieselbe wie immer. Jakob saß mit Monika in einer der hinteren Reihen und wunderte sich, dass trotz des verpatzten Weltuntergangs so viele Brüder und Schwestern gekommen waren. Wahrscheinlich hofften sie ebenfalls auf einen neuen Anlauf ins Paradies.

Die Zusammenkunft hatte wie immer mit Lied und Gebet begonnen. Jetzt stand ein Sondervortrag von Bruder Voglhuber zum Thema Harmagedon auf dem Programm.

»Auch wenn es für einige von euch eine große Enttäuschung gewesen sein mag«, predigte der Vorsitzende eindringlich von der Bühne, »steht eines fest: Gott und sein Sohn Jesus werden das Gericht an Satans Welt vollstrecken! Und Jesus ermahnt uns in Matthäus Kapitel fünfundzwanzig, Vers dreizehn, beharrlich zu wachen, denn wir kennen weder den Tag noch die Stunde.«

Jakob beobachtete seine Mutter heimlich von der Seite. Sie lächelte selig vor sich hin, sah aber trotz der eleganten Kleidung immer noch krank aus. Eva sah hingegen heute wieder blendend aus, sie war wieder auf kürzere Röcke umgestiegen. Während sich Jakob im Saal umsah, bemerkte er, dass sich Miriam zu ihm umgedreht hatte und ihn wieder einmal anlächelte. Er lächelte zurück.

»Irren ist menschlich«, fuhr Alexander fort. »Vielleicht gab es tatsächlich ein Missverständnis bei der Deutung des Datums. Oder aber, wir waren noch nicht würdig, in Gottes Königreich einzugehen. Vielleicht gibt es Sünder unter uns, die ihre Vergehen nicht bereut haben.«

Bruder Voglhuber setzte eine wirkungsvolle Pause und musterte die Anwesenden im Saal.

»Wir sollten uns alle selbst überprüfen und Sünden, die wir bei anderen Mitbrüdern und Schwestern sehen, sofort den Ältesten melden.«

Einige Gläubige nickten zustimmend, Eva schüttelte den Kopf. Der Vorsitzende fixierte sie mit seinem Blick von der Bühne herab. Jakob konnte sich nicht vorstellen, dass Eva irgendeine Sünde begangen haben könnte. Und schon gar nicht die anderen Brüder und Schwestern. Vielleicht war er der einzige hier im Saal, der gesündigt hatte.

Als der offizielle Teil der Zusammenkunft zu Ende war, nahm Jakob all seinen Mut zusammen, ging zu Bruder Voglhuber und bat ihn respektvoll um seinen Rat.

»Wäre es eine Sünde«, fragte er, »wenn man Harmagedon verhindern würde?«

»Wie meinst du das?«, wollte Alexander mit hochgezogenen Augenbrauen wissen.

»Sagen wir, es gibt jemanden, der hat sowas wie Superkräfte. Und der stoppt Harmagedon. Ist das eine Sünde?«

»Der Schöpfer ist allmächtig«, entgegnete Bruder Voglhuber nachsichtig. »Niemand kann Harmagedon stoppen, Jakob. Niemand.«

»Dann hätte ich noch eine Frage«, sagte Jakob lächelnd. »Wenn der Schöpfer allmächtig ist, kann er dann einen Stein erschaffen, der so schwer ist, dass er ihn selber nicht hochheben kann? Und wenn er ihn nicht hochheben kann, ist er dann allmächtig?«

Alexander sah ihn entgeistert an.

»Da sieht man, dass dir die strenge Hand eines Vaters fehlt. Ich werde dich im Auge behalten, Jakob.«

Bruder Voglhuber packte seine Tasche und eilte aus dem Saal. Jakob sah ihm lächelnd hinterher.

SÜNDEN

Hektisch drückte Monika den Lichtschalter. Immer wieder. Doch die hässliche Deckenlampe in der Küche blieb dunkel. Sie war den Tränen nahe und wusste nicht, was jetzt schon wieder los war. Jakob eilte ihr zu Hilfe und probierte sofort alle Lichtschalter in der Wohnung aus. Ohne Erfolg. Er sah aus dem Fenster. In anderen Wohnungen brannte Licht. Dann suchte er in allen Schränken nach Taschenlampen oder Kerzen, fand aber keine. Er überlegte und hatte eine Idee.

»Mama, warte«, sagte er, »ich komm gleich wieder.«

Er schlüpfte in seine Schuhe und lief aus der Wohnung. Monika drückte noch immer den Lichtschalter.

In der Stadt war es dunkel geworden, die Straßenlaternen leuchteten den wenigen Passanten den Weg. Wie immer war Jakob etwas mulmig zu Mute, wenn er abends alleine unterwegs war. Er konnte diese Gefühl nicht erklären, denn hier passierten so gut wie nie Verbrechen. Trotzdem war es da. Deshalb mied er die dunklen Seitengassen und ging mit schnellen Schritten die Hauptstraße entlang. Vor der Kirche auf dem Hauptplatz machte er halt. Eigentlich war sein Ziel der Friedhof gewesen. Doch der lag am anderen Ende der Stadt und war um diese Uhrzeit sowieso zu unheimlich. Jakob war noch nie in einer Kirche gewesen, hatte aber in Schulbüchern Bilder von den prächtigen Altären im Inneren gesehen. Einen Versuch war es wert. Vorsichtig ging er die steinerne Treppe hoch. Er sah sich um, drückte die große Metallklinke nach unten und stemmte sich mit seinem ganzen Gewicht gegen die schwere Holztür. Sie bewegte sich. Jakobs Herz klopfte bis zum Hals, als er durch einen schmalen Spalt in den Innenraum schlüpfte.

Im Kirchenschiff herrschte eine düstere Lichtstimmung. Jakob betrachtete die prunkvollen Heiligenfiguren. Im Versammlungssaal gab es solche Bildnisse nicht, denn Gott hatte das Anbeten von Götzenbildern verboten. Wenn die Katholiken die Bibel aufmerksam gelesen hätten, würden sie das wissen. Jakob entdeckte die Objekte seiner Begierde ganz vorne. Er schlich zum Altar. An dessen Rückseite schwebte eine riesige Jesus-Figur, die an ein Holzkreuz genagelt war. Der unheimliche Jesus trug nur einen Lendenschurz, in seinem Kopf steckte eine Dornenkrone, Blut lief über sein Gesicht. Jakob sah die Figur ehrfürchtig an und überlegte, ob er sein Vorhaben wirklich durchziehen sollte. Er wusste, dass Diebstahl eine Sünde war. Andererseits waren das hier die Bösen und es handelte sich um einen Notfall. Der Schöpfer würde ihm sicher verzeihen.

»Entschuldige«, flüsterte er der Jesus-Figur über ihm zu.

Dann blies er die Kerzen vor dem Altar aus und schnappte sich so viele er tragen konnte. Heißes Wachs schwappte auf seine nackten Oberarme. Jakob schrie auf, ließ seine Beute fallen und kratzte das Wachs hastig von der Haut. Als der Schmerz nachgelassen hatte, hob er die Kerzen auf und machte sich auf den Weg zur Tür. Im selben Augenblick hörte er hinter sich ein Geräusch und sah sich um. Ein Mann in einem schwarzen Kleid eilte aus der Sakristei.

»Heilige Scheiße!«, rief der Pfarrer, als er den Kerzendieb sah.

Jakobs Herz setzte einige Schläge aus, das Blut schoß ihm in den Kopf. Innerhalb von Sekundenbruchteilen musste er entscheiden: Sollte er stehen bleiben, die Kerzen zurückgeben und sich entschuldigen? Oder sollte er besser die Flucht ergreifen? Jakob stürzte zur Tür. Dort angekommen, musste er einige Kerzen fallenlassen, um eine Hand freizubekommen. Mit aller Kraft zog er an der Klinke. Die Tür bewegte sich keinen Millimeter, und der Pfarrer kam immer näher. Jakob stemmte einen Fuß gegen den Türstock und zog noch einmal so fest er konnte. Kurz bevor sein Verfolger ihn zu fassen bekam, schlüpfte Jakob durch einen schmalen Spalt nach draußen. Der Pfarrer blieb in der geöffneten Tür stehen.

»Du glaubst wohl nicht an die ewigen Qualen der Hölle«, rief er ihm hinterher.

Jakob lief so schnell er konnte über den Hauptplatz. Er sah sich um und stolperte in der Dunkelheit fast über einen Randstein. Der Pfarrer verfolgte ihn nicht. Trotzdem bog Jakob in eine dunkle Seitengasse ein und lief zur Sicherheit über einen Umweg nach Hause.

Die Küche wurde von den drei geklauten Kerzen nur notdürftig beleuchtet. Monika war damit beschäftig, an den Knöpfen des Elektroherds zu drehen, um ihm vielleicht doch noch etwas Wärme für einen Tee zu entlocken. Jakob suchte im Küchenschrank wieder einmal nach Lebensmitteln.

»Warum haben wir keinen Strom?«, wollte er von seiner Mutter wissen.

»Wahrscheinlich, weil ich die Rechnung nicht bezahlt habe«, antwortete Monika kraftlos.

»Wann bezahlst du sie?«

»Wenn ich eine Arbeit gefunden habe.«

»Wann hast du eine Arbeit ...«

»Es reicht!«, schrie Monika.

Jakob ging in Deckung.

»Ich kann jetzt keine Arbeit suchen! Verstehst du das nicht? Ich kann nicht mehr!«

Monika schluchzte los, ihr Körper zuckte dabei rhythmisch auf und ab. Jakob ging zu ihr und legte seine Hand auf ihre Schulter. Wenige Minuten später hatte sie sich beruhigt und sah ihren Sohn lächelnd an.

»Kannst du morgen zu Bruder Frank gehen und ihn um etwas Geld bitten?«

»Nein«, antwortete Jakob entgeistert, »das mach ich nicht.«

»Bitte, mach das für mich.«

»Das kann ich nicht, Mama!«

Das Lächeln in Monikas Gesicht verwandelte sich in eine zornige Grimasse. »Warum tust du nichts für mich?«, fuhr sie ihren Sohn an.

»Ich tu doch alles!«, schrie Jakob zurück. »Ich hab sogar Kerzen … geholt!«

»Wo hast du die Kerzen her?«, zischte Monika.

Jakob zögerte. »Ist doch egal«, sagte er schließlich.

»Woher?«, fragte Monika und baute sich drohend vor ihm auf.

»Ich hab sie in der Kirche geholt«, antwortete Jakob kleinlaut.

»Du hast sie gestohlen!«, schrie Monika.

»Tut mir leid, aber …«

»Wegen dir kommen wir nicht ins Paradies!«

Seine Mutter hatte recht. Er war schuld an dieser ganzen Misere. »Lass mich in Ruhe!«, schrie er Monika ins Gesicht. »Du weißt gar nichts!«

Monika holte aus und klatschte ihrem Sohn eine heftige Ohrfeige ins Gesicht. Dann drehte sie sich um, stürmte aus der Küche und knallte die Schlafzimmertür zu. Jakob hielt seine Wange mit beiden Händen fest. Zorn stieg in ihm auf. Er formte mit seinen Fingern eine Pistole und stellte sich vor, wie er mit der Waffe von *Captain Future* einen Energiestrahl auf seine Mutter abfeuern würde. Wie sie davon quer durch den Raum geschleudert wurde, gegen die Wand krachte und betäubt liegen blieb. Die Fantasie verschwand so schnell, wie sie aufgetaucht war. Jakob ließ sich auf den kalten Küchenboden sinken und schluchzte leise vor sich hin.

Eigentlich war das Rausbringen des Mülls nicht unbedingt Jakobs Stärke. Er machte es nur, wenn seine Mutter ihn dazu zwang. Doch heute wollte er sie versöhnlich stimmen. Er war früh aufgestanden, hatte lautlos sein Bett gemacht und das wenige Geschirr in der Spüle abgewaschen, während Monika noch schlief. Jetzt stand er vor dem Müllcontainer und wuchtete den übervollen Sack in den stinkenden Behälter. Dicke Fliegen ergriffen panisch die Flucht, setzten sich aber gleich darauf wieder auf die triefende Plastiksacklandschaft. Jakob entdeckte ein kleines Feld Vergissmeinnicht neben dem Container. Er pflückte eine Handvoll von seinen Lieblingsblumen und hopste lächelnd zurück zum Hauseingang. Die Sonne war dabei, einen wolkenlosen Himmel emporzuklettern. Nicht einmal die lästige Hausmeisterin meckerte heute aus dem geöffneten Fenster. Es könnte ein wunderbarer Tag werden.

Jakob fischte im Vorbeigehen einen Stapel Briefe aus dem Postkasten, schloss vorsichtig die Wohnungstür und eilte in die Küche, um das Geschenk für seine Mutter in ein Glas mit Wasser zu stellen.

»Wo warst du?«, hörte er Monikas Stimme hinter sich fragen.

Jakob erschrak so heftig, dass ihm beinahe Blumen und Briefe aus der Hand gefallen wären. Das Blut pochte ihm in den Ohren. In letzter Zeit hatte seine Mutter anscheinend die Angewohnheit, wie ein Geist unvermutet zu erscheinen.

»Ich hab den Müll rausgetragen.« Er hielt seiner Mutter den Strauß Vergissmeinnicht hin. »Und Blumen für dich gepflückt.«

»Pack deine Sachen zusammen. Du musst in die Schule.«

Jakob blieb der Mund offen stehen. Es dauerte einige Sekunden, bis sein Gehirn die Aussage seiner Mutter zu einer verwertbaren Information verarbeitet hatte.

»Warum muss ich jetzt wieder in die Schule?«, fragte er.

»Weil du in die Schule gehen musst«, antwortete Monika knapp.

»Ich kann da nicht mehr hin.«

»Du musst aber.«

»Ich hab denen gesagt, dass sie alle sterben werden. Ich kann da nicht mehr hin.«

»Du gehst in die Schule.«

Die ersten Tränen liefen über Jakobs Wangen. »Die werden mich umbringen«, flehte er mit weinerlicher Stimme.

»Der Schöpfer wird dir beistehen.«

Eine Mischung aus Enttäuschung und Wut kochte in Jakob empor. »Der Schöpfer macht gar nichts!«, schrie er seiner Mutter ins Gesicht.

Monika machte einen Schritt auf ihren Sohn zu und hob drohend die Hand. Jakob schob die Arme schützend vor sein Gesicht. Die Ohrfeige blieb diesmal aus. Er warf seiner Mutter den Blumenstrauß und den Stapel Briefe vor die Füße und stürmte aus der Küche.

Mit der Schultasche auf dem gebeugten Rücken trottete Jakob den Schulweg entlang.

»So eine blöde Kuh!«, presste er fast lautlos hervor und kickte dabei einen Kieselstein auf die Straße, der beinahe ein vorbeifahrendes Auto traf.

Er bog in den Hauptplatz ein und warf einen prüfenden Blick auf die Kirche, aus der er die Kerzen ausgeborgt hatte. Niemand war zu sehen. Er ging den Platz hinunter, vorbei an der Trafik und dem Lebensmittelgeschäft, passierte den Altwarenladen und die Fleischhauerei und wandte sich nach links.

Vor dem Schaufenster des Elektroladens sah sich Jakob die Zeichentrickserien an. Als *Captain Future* von der lächelnden Frau mit den glatten, schwarzen Haaren abgelöst wurde, blieb er stehen und absolvierte auch noch den tonlosen Russischkurs. Gerade als er versuchte, den Sinn des eingeblendeten Wortes *колбаса* zu erraten, trat der Verkäufer aus der automatischen Schiebetür und fragte ihn, ob er denn keine Schule hätte. Jakob dreht sich um und ging wortlos in Richtung Schulgebäude. Vor dem Schaufenster des Spielzeuggeschäfts blieb er erst gar nicht stehen, weil er fürchtete, dass man ihn wieder davonjagen würde. Er überquerte die kleine Brücke und sah das große Schulgebäude drohend vor sich. Nur ein Zebrastreifen trennte ihn nun noch vom Vorhof zur Hölle. Jakob atmete tief ein, setzte einen Schritt auf den weiß bemalten Asphalt und änderte die Richtung.

Wenige Minuten später hatte er eine kleine Parkanlage erreicht. Er entdeckte ein Spielhaus in der Form eines Wachturmes, kletterte die Metalleiter empor und verschwand in dem angerosteten Versteck.

Im schummrigen Halbdunkel des Spielhauses zog er sein Matheheft aus der Schultasche und begann an einem Entwurf für eine neue *Comet* zu zeichnen. Als er das Gefühl hatte, dass die sechste Schulstunde vorbei sein könnte, kletterte er aus dem Wachturm und ging nach Hause.

Monika war nirgends zu sehen. Die Post lag ungeöffnet auf der Küchenkommode. Jakob sah in den Schränken nach, ob seine Mutter etwas zu Essen eingekauft hatte. Doch die Schränke waren immer noch leer. Wahrscheinlich war sie gerade im Supermarkt und würde bald mit prall gefüllten Plastiksäcken zurückkommen. Vielleicht war sie davor noch beim Bierlager gewesen, um sich ihren alten Arbeitsplatz wiederzuholen und verspätete sich deshalb etwas. Jakob setzte sich auf die Fensterbank und wartete.

Eine halbe Stunde später tauchte Monika tatsächlich zu Hause auf. Ohne Plastiksäcke. Sie hatte scheinbar gute Laune und trällerte eine Melodie vor sich hin. Jakob stand auf und sah sie enttäuscht an.

»Wo warst du?«, fragte er in vorwurfsvollem Ton.

»Beim Missionsdienst«, flötete Monika nach kurzem Zögern.

»Mit wem?«

»Mit Eva, warum?«

»Muss die heute nicht arbeiten?«

»Nein, heute nicht.«

Ein vertrauter Geruch stieg Jakob in die Nase. Er hatte ihn schon mehrmals gerochen. Bei den Bürokollegen seiner Mutter. Und den Bierführern.

»Hast du geraucht?«

»Nein, hab ich nicht«, antwortete Monika empört. »Das kommt von draußen.«

Jakob war mit der Antwort nicht zufrieden. Doch im Moment hatte er andere Probleme.

»Ich hab Hunger«, sagte er und rieb sich demonstrativ den Bauch.

»Kannst du was einkaufen gehen für uns?«

»Ja, was denn?«

»Brot, Wurst, Käse, ein bisschen Obst, was du magst.«

»Cornflakes?«

»Ja, gut.«

Jakob hielt die Hand auf. »Ich brauch Geld.«

»Du musst das unten im Laden anschreiben lassen.«

Jakob war schon wieder den Tränen nahe. »Das mach ich nicht.«

»Bitte. Sag ihr, ich zahle das nächste Woche.«

»Warum machst das nicht du?«

»Mir geht es nicht gut, siehst du das nicht?«

Jakob überlegte. »Ich kann das nicht«, sagte er schließlich mit einem Kopfschütteln.

»Bitte Jakob. Du darfst dir auch was Süßes aussuchen.«

Der kleine Gemischtwarenladen am Rand der Siedlung war vollgestopft mit Produkten aller Art. Hier konnte man fast alles für den täglichen Bedarf kaufen, es roch nach Wurstwaren, Süßigkeiten und Waschmittel. In der Regel kaufte Monika beim billigeren Diskonter ein, doch dort konnte man nicht anschreiben lassen. Jakob hatte einige Lebensmittel auf das kurze Laufband gelegt, darunter auch eine Packung mit roten Schaumzucker-Erdbeeren. Während er wartete, bis er an der Reihe war, fiel sein Blick auf die Titelseite einer Zeitung, die mit anderen in einem Ständer vor der Kasse angeboten wurde. *Waldsterben bald unumkehrbar!* lautete die Schlagzeile und das Titelbild zeigte einen toten Wald. Jakob fragte sich, ob das Waldsterben der Beginn vom Jüngsten Gericht war und Harmagedon vielleicht doch noch kommen würde.

Die Ladenbesitzerin in der ärmellosen, weißen Kittelschürze nahm Jakobs Lebensmittel vom Band und tippte die Preise in ihre Registrierkasse. In wenigen Sekunden musste er die peinliche Frage stellen. Eine Kundin hinter ihm räumte ausgerechnet jetzt ihren Einkauf auf das Band. Jakob zögerte. Am liebsten wäre er jetzt aus dem Laden gerannt.

»Kann ich das anschreiben lassen?«, stotterte er gerade noch, bevor der letzte Artikel mit einem Klingeln in der Kasse registriert wurde.

Die ärmellose Ladenbesitzerin sah ihn an, als hätte er sie soeben nach einer Portion LSD gefragt.

»Meine Mutter kommt nächste Woche vorbei und zahlt das«, fügte Jakob rasch hinzu.

»Wer ist deine Mutter?«, wollte die Ladenfrau jetzt wissen.

»Monika Feldhofer. Von Stiege sechs.«

Die Frau griff nach einem Notizblock neben der Kasse, blätterte ihn durch und stoppte bei einem Blatt, das mit Monikas Namen und einigen Zahlen beschrieben war.

»Deine Mutter hat schon drei Rechnungen offen«, sagte sie. »Die müssen erst bezahlt werden. Vorher gibt es kein Anschreiben.«

Jakob schoss die Schamröte ins Gesicht. »Okay, danke.« Hastig legte er die Lebensmittel zurück in seinen Einkaufskorb und ging mit gesenktem Blick an der wartenden Kundin vorbei zu den Regalen. Dort stellte er die Waren ordentlich an die Plätze zurück, von denen er sie entnommen hatte. Als letztes waren die Schaumzucker-Erdbeeren an der Reihe. Er legt die Packung zurück und seine Aufmerksamkeit wurde wie magisch zu einer Schütte gelenkt, die mit losen Schokoladenbonbons gefüllt war. Ein prüfender Blick zur Ladenbesitzerin. Sie war noch immer mit der Kundin beschäftigt. Schnell griff Jakob in die Schütte und steckte sich eine Handvoll von den Bonbons in den Mund. Der Geschmack der schmelzenden Schokolade erfüllte ihn mit einem wohligen Glücksgefühl. Doch dann hätte er seine Beute fast wieder ausgespuckt. Die Bonbons waren mit scharfem Alkohol gefüllt. Mit ekelverzerrtem Gesicht eilte er zum Ausgang, ließ den Einkaufskorb im Vorbeigehen auf den Stapel fallen und verließ den Laden ohne Gruß.

Draußen hastet er um die Ecke, wo ihn die Ladenbesitzerin nicht mehr sehen konnte, und spuckte eine braune Masse aus Alkohol und Schokolade auf den Gehsteig. War das die Strafe Gottes für seinen Diebstahl?

Jakob dachte nach, was er jetzt tun konnte. Lebensmittel klauen war keine Option. Wenn er ohne Essen nach Hause kam, würde ihn seine Mutter nur zu einem anderen Lebensmittelgeschäft schicken, wo es wieder zu einer peinlichen Situation kommen würde. Das war also auch keine Option. Eine vage Idee tauchte vor Jakobs geistigem Auge auf. Die war zwar auch etwas peinlich, aber immerhin besser als hungern. Er machte sich auf den Weg.

Gepflegte Vorgärten, prächtige Einfamilienhäuser, teure Autos in der Einfahrt. Hier wohnten also die Besseren. Jakob ging einen tadellosen Gartenzaun entlang und blieb vor einem breiten Einfahrtstor stehen. Dahinter führte ein gepflasterter Vorplatz zu einer Doppelgarage und einem großzügigen Haus, das so aussah, als wäre es gerade erst erbaut worden. Jakob las den Namen am Klingelschild und legte seine Hand auf die Türklinke. Dann zog er die Hand wieder zurück, machte kehrt und ging den Weg zurück, den er gekommen war. Es war eine blöde Idee gewesen. Nach wenigen Metern blieb er stehen, drehte sich um und kam zu dem protzigen Tor zurück. Es war eine blöde Idee, aber er hatte keine Wahl. Diesmal drückte er die Klinke nach unten, öffnete vorsichtig das Tor und schlich zur kunstvoll geschmiedeten Eingangstür. In die Tür waren kleine Sichtfenster aus gelbem Glas eingelassen, durch die Jakob in den Innenraum sehen konnte. Der breite Vorraum mit einem glänzenden Marmorboden mündete in einer großen Küche, die mit teuer aussehenden Möbeln aus dunklem Holz ausgestattet war. Bruder Frank stand im Vorraum, nahm einen kräftigen Schluck Rotwein aus einem Glas mit langem Stiel und rückte ein Foto seiner verstorbenen Tochter zurecht, das mit anderen Bildern in geordnetem Muster an der Wand hing. Gerade als Markus einen weiteren Schluck Wein trank, drückte Jakob den Klingelknopf. Markus verschluckte sich, hustete den Wein zurück ins Glas und sah sich gehetzt um. Er versteckte das halbvolle Glas rasch in einem Schuhschrank und öffnete die Tür.

»Jakob, was machst du denn hier?«, fragte er erstaunt.

»Meine Mutter schickt mich«, antwortete Jakob. »Ihr geht es nicht so gut.«

»Komm erst mal rein.« Markus öffnete die Tür etwas weiter und machte den Weg frei. »Aber zieh bitte deine Schuhe aus.«

Jakob schlüpfte aus seinen Schuhen und bemerkte, dass Rotwein aus dem Schuhschrank auf den blank polierten Marmorboden tropfte. Er ignorierte seine Beobachtung und folgte Bruder Frank in die Küche. Auch dieser große Raum war peinlichst genau aufgeräumt, nichts deutete darauf hin, dass hier Menschen lebten. Nur eine einsame Weinflasche stand auf der sterilen Anrichte. Markus verdeckte die Flasche mit seinem Körper und ließ sie unauffällig in einer Schublade verschwinden. Jakob sah es, sagte aber wieder nichts dazu.

»Was kann ich für dich tun?«, wollte Markus jetzt in seinem ernsten Ältestentonfall wissen.

Jakob glaubte, ein leichtes Lallen in seiner Stimme bemerkt zu haben. »Ich soll fragen, ob du uns ein paar Lebensmittel leihen könntest«, antwortete er in seinem demütigen Verkündigertonfall.

»Ja klar, ich pack was für euch zusammen.«

Markus öffnete eine Tür und Jakob blieb die Luft weg. Der Raum dahinter war bis zur Decke mit allen möglichen Lebensmitteln gefüllt, die anscheinend ordentlich sortiert und nummeriert auf die nächste Apokalypse warteten. Markus nahm ein paar Dosen aus dem Regal und notierte den Lagerstand auf einer Liste. Jakob sah im mit offenem Mund zu. Er war überzeugt, dass man mit all den Waren in dieser Speisekammer ein kleines Lebensmittelgeschäft hätte füllen können.

Miriam kam in die Küche, begrüßte Jakob und schenkte ihm ihr eigenartiges Lächeln. Jakob antwortete mit einem knappen »Hallo«.

»Willst du solange mit Miriam spielen, bis ich hier fertig bin?«, schlug Bruder Frank vor.

»Ich muss gleich wieder ...«, sagte Jakob und hob abwehrend die Hände.

»Ja«, sagte Miriam gleichzeitig.

Das Zimmer von Miriam war ein Albtraum aus Rosa. Rosafarbene Wände, rosa Möbel, rosa Deko, rosa Spielsachen. Miriam setzte sich auf ihr Bett mit der rosafarbenen Bettwäsche, Jakob blieb stehen.

»Was magst du spielen?«, fragte Miriam und strahlte Jakob an.

»Weiß nicht.«

Miriam fischte eine ihrer rosafarbenen Puppen aus dem Regal. »Vater, Mutter, Kind?«

»Nein.«

»Was Biblisches?«

»Nein, auch nicht.«

»Dann sag du was.«

»Warum trinkt dein Vater Wein?«, fragte Jakob stattdessen.

»Seit die Sarah nicht mehr da ist, hat mein Papa ganz viel Wein getrunken. Heimlich. Aber dann hat er ihn weggeschüttet.«

»Aber er darf doch gar keinen Alkohol trinken.«

»Deshalb hat er ihn ja auch weggeschüttet.«

Ein peinlicher Moment der Stille ließ die beiden für kurze Zeit erstarren. Jakob wusste nicht, was er darauf sagen sollte und sah sich scheinbar interessiert im Zimmer um.

»Hast du auch schon einmal gesündigt?«, wollte Miriam jetzt wissen.

Jakob zögerte. Wieder wusste er nicht, ob er Miriam die Wahrheit sagen konnte. Würde sie ihn verpetzen und ihrem Vater von seinen Vergehen berichten, wie es die Pflicht eines jeden *Lobpreiser Jahwes* war?

»Ich sag meinem Papa nichts«, sagte Miriam, als hätte sie die Zweifel in seinem Gesicht ablesen können.

»Ja, hab ich«, antwortete Jakob schließlich.

»Wie denn?«

»Ich hab Schule geschwänzt.«

Miriams Augen leuchteten. »Boah.«

»Und mit Weltlichen gespielt.«

»Echt?«

Miriams Begeisterung schien mit jeder Sünde von Jakob zu steigen. Sie hing an seinen Lippen.

»Und ich hab gestohlen«, berichtete er stolz.

»Was denn?«

»Kerzen. Aus einer Kirche. Und Schokobonbons im Geschäft.«

»Du bist arg«, stellte Miriam fest und himmelte ihn an wie noch nie zuvor.

Jakob wurde von einem Hochgefühl getragen und setzte sich nun doch zu Miriam aufs Bett.

»Ich glaube alle sündigen irgendwie«, sagte er.

»Ja, vielleicht«, stimmte ihm Miriam zu.

»Willst du immer bei den Lobpreisern bleiben?«

»Du?«

»Nein«, sagte Jakob bestimmt. »Gott ist wie Hitler, irgendwie. Er bringt die Menschen, die er nicht mag, einfach um.«

»Wer ist Hitler?«

»Der ist so wie der *Parf Räder* von *Sta Woas*. Der ist böse.«

»Kenn ich nicht«, sagte Miriam. »Aber wenn du weggehst, geh ich auch weg.«

Jakob nickte. Wieder breitete sich unangenehmes Schweigen zwischen den beiden aus. Die Euphorie von vorhin war verflogen. Miriam durchbrach die Stille, sprang vom Bett und stellte sich vor Jakob hin.

»Willst du meine Reinheit prüfen?«

»Was?«

»Willst du meine Reinheit prüfen? Da.«

Miriam nahm Jakobs Hand, führte sie unter ihr rosafarbenes T-Shirt und legte sie auf ihre Brust, die sich schon deutlich unter dem Shirt abzeichnete. Jakob war wie gelähmt. Dann führte sie seine Hand langsam den Oberkörper entlang unter ihren Rock, zwischen ihre Beine. Jakob sah seine Hand an, als würde er damit soeben den Heiligen Gral berühren.

»Bruder Karl macht das auch immer so«, sagte Miriam.

»Was?«

»Wenn wir Missionsdienst machen, fahren wir immer in den Wald. Es tut manchmal ein bisschen weh. Er sagt, der Schöpfer will das so.«

Jakob dachte nach. Karl Pfeiffer war ein Ältester. Er hatte so seine Eigenheiten, nahm seine Hirtentätigkeit etwas zu ernst und war manchmal auch ein wenig mürrisch. Aber Älteste machten keine schwerwiegenden Fehler. Trotzdem war sich Jakob ziemlich sicher, dass es nicht in Ordnung war, mit einem dreizehnjährigen Mädchen in den Wald zu fahren, um es dort zu begrapschen.

»Und ich darf das niemandem erzählen«, fuhr Miriam fort. »Also sündige ich jetzt auch.« Sie lächelte stolz.

Bruder Frank marschierte mit einem prallen Sack voller Lebensmittel ins Zimmer seiner Tochter und erstarrte.

»Was ist … was machst du da?«, schrie er Jakob an. »Nimm die Hand da weg!«

Jakob zog rasch die Hand unter dem Rock hervor.

»Ich hab nicht …«, stotterte er, »sie hat …«

Markus ließ den Sack mit den Lebensmitteln auf den Boden fallen. Äpfel kullerten aus dem Zimmer.

»Verschwinde!«, schrie er. »Verschwinde aus meinem Haus!«

»Papa, er hat doch nichts gemacht«, versuchte Miriam ihren Vater zu beruhigen.

»Darf ich die Lebensmittel trotzdem mitnehmen?«, fragte Jakob kleinlaut. Im selben Moment wurde ihm klar, wie unpassend diese Frage jetzt war.

»Raus hier!«, schrie Markus. »Sofort!«

Jakob schnappte sich den Sack mit den Lebensmitteln und flüchtete aus dem Haus.

Es dämmerte bereits, als Jakob zu Hause ankam. Monika zündete die Kerzen im gemeinsamen Schlafzimmer an und Jakob präsentierte die Lebensmittel, die er bei Markus erbeutet hatte. Die beiden setzten sich auf das Klappsofa und aßen im schummrigen Kerzenlicht Jagdwurst aus der nummerierten Dose.

»Wo warst du so lange?«, wollte Monika wissen.

»Die blöde Verkäuferin hat nicht anschreiben lassen«, berichtete Jakob. »Sie sagt, dass du dort noch drei Rechnungen offen hast.«

»Und wo hast du das Essen her?«

»Von Bruder Frank.«

Monikas Augen weiteten sich. »Du hast Markus angebettelt?«, fragte sie in einem sehr bedrohlichen Ton.

Jakob stellte sich wieder einmal auf ein Donnerwetter ein. »Du hast doch gesagt, ich soll zu ihm gehen«, antwortete er vorsichtig.

»Die haben eh genug«, sagte Monika ruhig.

Jakob atmete auf, das Donnerwetter blieb diesmal aus.

»Morgen geh ich zum Sozialamt«, fuhr Monika fort, »die zahlen dann auch den Strom und die Miete.«

Jakob starrte in die zuckende Flamme der Kerze, aß schweigend seine Jagdwurst und stellte sich vor, wie ein Mann in einem langweiligen Anzug seiner Mutter im Sozialamt ein Bündel Geldscheine überreichte. Und wie sie damit ihre Schulden im Laden bezahlen und er sich einen ganzen Haufen Schaumzucker-Erdbeeren kaufen würde.

Der kleine Altwarenladen war erfüllt von einem modrigen Geruch. Auf mehreren Tischen stapelten sich Comic- und Romanhefte, abgegriffene Bücher und bunte Schallplatten. Die Wände waren mit antiken Möbeln, veralteten Sportgeräten und ausgedienten Spielsachen zugestellt. Jakobs erweiterter Schulweg führte ihn nun täglich an diesem Laden vorbei. Heute war er einem spontanen Impuls gefolgt und in diese unentdeckte Welt eingetreten. Ein Mann um die dreißig mit goldumrandeter Brille und nackenlangen Haaren saß in einer Ecke und sah von einem Buch auf, als Jakob das Geschäft betrat.

»Kann ich helfen?«, fragte er mit energieloser Stimme, ohne sich von seinem Sitzplatz zu erheben.

»Ich schau nur«, antwortete Jakob.

Der Mann nickte wortlos.

Jakob arbeitete sich durch den schmalen Gang und sah sich die ausgestellten Spielsachen sorgfältig an. Da war ein großes Lego-Raumschiff um vierzig Schilling, das er sich vielleicht mit dem Geld vom Sozialamt kaufen könnte. Die Modelleisenbahn um hundert Schilling war leider zu teuer, aber die Spielzeugautos um einen Schilling pro Stück waren auch nicht zu verachten. Die kleine Glocke über der Tür kündigte neue Kundschaft an. Eine ältere Frau mit violett gefärbten Haaren betrat den Laden, grüßte freundlich und legte einige mitgebrachte Liebesromane auf einen Stapel. Von einem zweiten Stapel suchte sie neue Hefte aus, bedankte sich und verließ das Geschäft, ohne zu bezahlen. Jakob drehte sich zu den Stapeln mit den Comic-Heften um. Der größte war aus unzähligen Micky-Maus-Ausgaben errichtet worden. Dann entdeckte Jakob etwas, das seinen Puls in die Höhe schnellen ließ. Neben dem großen Stapel gab es einen kleineren mit Captain-Future-Heften. Ehrfürchtig nahm er das oben liegende Heft in die Hand, blätterte es durch, legte es vorsichtig zur Seite und nahm sich das nächste vor.

»Was kostet ein Heft?«, fragte er in Richtung des lesenden Mannes, nachdem er einige Ausgaben durchgeblättert hatte.

»Einen Schilling«, antwortete der Ladenbesitzer knapp.

Jakob hatte keinen einzigen Schilling in der Tasche. Wortlos legte er ein Heft nach dem anderen akkurat ausgerichtet auf den Stapel zurück.

Der Ladenbesitzer beobachtete ihn unauffällig über den Buchrand hinweg. »Du kannst ein paar Hefte ausleihen«, sagte er schließlich, nachdem Jakob seine ordentliche Stapelarbeit beendet hatte. »Bring sie einfach zurück, wenn du sie gelesen hast.«

Ein breites Grinsen erschien in Jakobs Gesicht. Am liebsten wäre er dem müden Mann in der Ecke um den Hals gefallen. »Danke«, sagte er begeistert. Er nahm sich drei Hefte vom Stapel und zeigte sie dem Ladenbesitzer. »Ich bring sie bald zurück.«

Der Ladenbesitzer nickte stumm. Jakob hüpfte vor Freude fast aus dem Laden und machte sich mit schnellen Schritten auf zu seinem Schulnotquartier. Von jetzt an würden die lähmenden Stunden in seinem Wachturm wie im Raumflug vergehen.

Klatschend landete eine Portion kalter Bohnen mit Speck aus der Dose auf Jakobs Teller. Monika trällerte eine Melodie vor sich hin. Das war ein untrügliches Zeichen dafür, dass sie gute Laune hatte. Und auch Jakob hatte gute Laune. Wie erwartet, war der Vormittag dank der Comichefte für ihn zu einem besonderen Ereignis geworden. Als er kurz nach dreizehn Uhr nach Hause gekommen war, hatte ihm seine Mutter von ihrem Besuch beim Sozialamt berichtet. Sie hatte heute zwar noch kein Bündel mit Geldscheinen ausgehändigt bekommen, aber die Bearbeitung ihres Antrags würde laut Auskunft der zuständigen Sachbearbeiterin lediglich ein paar Tage dauern. Danach würden sie das Geld per Postanweisung direkt nach Hause geliefert bekommen. Jetzt würde alles gut werden. Monika hatte ihren beängstigenden Zustand hinter sich gelassen, kümmerte sich wieder um den Haushalt und darum, dass Geld ins Haus kam. Von jetzt an würde es wieder bergauf gehen mit der Familie Feldhofer.

VERTREIBUNG

Gegen sieben Uhr morgens läutete jemand an der Tür. Jakob war gerade aufgestanden. Er schlüpfte in seine Hose, warf sich ein Hemd über und öffnete die Tür. Draußen stand ein ernster Mann in einem braunen Anzug mit einer abgewetzten Aktentasche in der Hand. Ob das der Mann vom Sozialamt mit den Geldscheinen war? Die beiden Männer in blauer Arbeitskleidung, die hinter ihm warteten, passten nicht ganz ins Bild. Der Mann grüßte und fragte, ob Monika Feldhofer zu Hause wäre. Jakob rief nach seiner Mutter und wenige Sekunden später kam Monika verschlafen zur Tür geschlurft.

»Monika Feldhofer?«, fragte der Mann in strengem Ton.

Monika bejahte. Der Mann überreichte ihr ein Schriftstück.

»Ich komme vom Gericht«, sagte er. »Das ist ein Räumungsbefehl, den ich heute vollstrecken muss.«

Also doch keine Geldscheine. Monika starrte das amtliche Dokument ungläubig an.

»Warum ein Räumungsbefehl?«, fragte sie.

»Sie haben die Miete nicht bezahlt. Und auf unsere Zahlungsaufforderungen haben sie auch nicht reagiert.«

»Ich hab nichts bekommen.«

Jakob dachte an den Stapel ungeöffneter Briefe in der Küche und staunte, dass seine Mutter den Mann so kaltblütig anlog.

»Sie können noch ein paar Sachen zusammenpacken«, fuhr der Gerichtsvollzieher fort, ohne auf Monikas Ausrede einzugehen.

»Bitte«, sagte Monika jetzt in einem flehentlichen Ton, »sie können uns doch nicht einfach rauswerfen. Ich bekomm Geld vom Sozialamt. Aber das dauert noch ein paar Tage. Dann kann ich die Miete zahlen.«

»Es tut mir leid, aber sie hätten auf unsere Briefe reagieren sollen.«

»Bitte werfen sie uns nicht hinaus. Wo sollen wir denn hin?«

»Es gibt ein Obdachlosenheim in der Stadt.«

»Ein Obdachlosenheim?« Monika schüttelte den Kopf. »Da sollen wir hin?«

Jakob schloss die Augen. Er stellte sich vor, wie er die Kanone von Captain Future aus dem Halfter zog und damit auf den Mann vor der Tür zielte. Der Gerichtsvollzieher verstummte, seine Augen weiteten sich. Jakob drückte den Abzug. Volltreffer. Der Mann wurde vom Energiestrahl durch das Stiegenhaus geschleudert, knallte gegen die gegenüberliegende Wand und blieb reglos liegen. Jakob öffnete die Augen. Der Gerichtsvollzieher stand noch immer vor der Tür.

»Wie gesagt, ich mache hier nur meinen Job.« Er gab den beiden Männern hinter ihm ein Zeichen, die daraufhin wortlos an Monika und Jakob vorbei in die Wohnung gingen.

»Dafür werden sie die Strafe vom Allmächtigen Schöpfer bekommen«, fauchte Monika, drehte sich um und stürmte ebenfalls in die Wohnung.

Jakob sah den Gerichtsvollzieher böse an und folgte seiner Mutter.

Eine halbe Stunde später standen die beiden mit prall gefüllten Plastiksäcken im kühlen Stiegenhaus. Die Träger der schweren Schultasche schnitten Jakob in die schmalen Schultern. Mit Entsetzen musste er zusehen, wie einer der Männer seine selbst gebastelte *Comet* zwischen anderen Gegenständen eingeklemmt aus der Wohnung trug. Der zweite Mann folgte mit dem Käfig von Fredi. Wenig später hatten die Arbeiter sämtliche Habseligkeiten und die wenigen verbliebenen Möbel aus der Wohnung geräumt und in einem Lieferwagen verstaut. Der Gerichtsvollzieher nahm Monika die Schlüssel ab, versperrte und versiegelte die Tür und verabschiedete sich. Monika erwiderte den Gruß nicht, und Jakob warf dem Mann einen bösen Blick hinterher.

Die Hausmeisterin lümmelte in ihrem Fenster auf einem Polster, den sie sich eigens für diesen Zweck auf die Fensterbank gelegt hatte, und grinste den beiden Vertriebenen auf der Straße spöttisch entgegen.

»Zieht's ihr aus?«, fragte sie vom Fenster herab und ihre Schadenfreude war dabei nicht zu überhören.

»Das geht sie gar nichts an«, erwiderte Monika genervt. »Sie sind eine … eine Hexe. Der Allmächtige Schöpfer wird sie von der Erde fegen.«

Die Hausmeisterin lachte hämisch.

»Wo gehen wir hin?«, wollte Jakob wissen, als die Hausmeisterin außer Hörweite war.

»Ich weiß, wo wir hinkönnen«, sagte Monika und ging mit entschlossenen Schritten voraus.

Nichts regte sich hinter der Tür im neunten Stock des Hochhauses. Monika läutete nochmals, diesmal etwas penetranter. Schritte waren zu hören und endlich wurde die Tür einen kleinen Spalt breit geöffnet. Bruder Petrovic sah aus, als wäre er soeben erst aufgestanden. Seine Haare waren zerzaust, er trug ein zerknittertes T-Shirt, Jeans, keine Socken und war sichtlich überrascht über den unerwarteten Besuch.

»Schwester Feldhofer ...«, stotterte er.

»Hallo Walter«, sagte Monika, »tut mir leid, dass wir so reinplatzen. Aber es ist ein Notfall.«

»Was für ein Notfall?«, wollte Walter wissen.

»Es ist so, dass wir aus der Wohnung geworfen worden sind. Und ich wollte dich fragen ob wir … also ob es möglich ist ...«

»Wer hat euch aus der Wohnung geworfen?«, unterbrach Walter sie.

»Es gibt eben immer Gegner, die uns weghaben wollen.«

»Und wie kann ich euch helfen?«

»Ich wollte dich fragen, ob wir … also ob wir vielleicht bei dir unterkommen können.«

»Bei mir?« Walter war kurz sprachlos. »Äh … das ist jetzt gerade etwas ungünstig«, sagt er schließlich.

Drinnen war ein Geräusch zu hören. Es klang so, als würde jemand eine Tür schließen. Jakob versuchte einen Blick in die Wohnung zu erhaschen, doch Walter verdeckte den Türspalt geschickt mit seinem Körper.

»Sollen wir später wiederkommen?«, fragte Monika.

»Also es ist so, dass ich eigentlich keinen Platz für noch zwei Personen habe. Ich hab nur eine kleine Wohnung.«

»Wir brauchen nicht viel Platz.« Mittlerweile klang Monika sehr verzweifelt.

»Tut mir leid, dass ich euch nicht helfen kann«, sagte Walter. »Versucht es doch bei Bruder Frank. Der hat ein großes Haus.«

Walter bewegte sich etwas von der Tür weg, um das Ende des Gesprächs anzudeuten. Für den Bruchteil einer Sekunde konnte Jakob in die Wohnung sehen. Drinnen stand eine junge Frau im Bademantel. Jakob sah zu seiner Mutter. Sie hatte es auch gesehen. Ein schlimmer Gedanke durchzuckte ihn. Konnte es sein, dass Bruder Petrovic eine Geliebte hatte? Dass er vielleicht sogar Hurerei mit ihr trieb?

»Bei Markus, aha«, stammelte Monika. »Ja, gute Idee. Danke.«

Sie hatte jetzt wieder diesen Blick, den Jakob am Tag nach Harmagedon bei ihr gesehen hatte. Wie paralysiert drehte sie sich um und trottete mit ihren Plastiksäcken am Lift vorbei die Stiege hinunter.

Monika saß an der Bushaltestelle vor dem Hochhaus auf einer Bank, hatte ihr Gesicht in den Händen vergraben und schluchzte im Takt eines verschnupften Traktors vor sich hin.

»Wie kann er mir so wehtun?«, nuschelte sie in ihre Handhöhle. »Wir wollten doch heiraten. Und jetzt hat er eine andere.«

Jakob stand neben seiner Mutter und sah sie an wie jemand, der mit dem eigenartigen Verhalten einer exotischen Lebensform noch nicht vertraut war.

Ein gelber Postbus steuerte die Haltestelle an und Jakob drehte sich demonstrativ zur Seite, um dem Fahrer zu signalisieren, dass sie nicht mitfahren würden. Der Bus hielt trotzdem und die Türen öffneten sich mit einem lauten Zischen. Als niemand zustieg, schlossen sich die Türen wieder. Der Bus fuhr aus der Haltebucht und ordnete sich im Fließverkehr ein. Jakob sah ihm hinterher und fragte sich, ob der Fahrer wegen des unnötigen Aufwands jetzt böse auf ihn war. Er wischte den Gedanken weg und konzentrierte sich auf seine Mutter, deren Körper bei jedem Schluchzen auf und ab zuckte.

»Was machen wir jetzt?«, fragte er vorsichtig.

»Es tut so weh«, antwortete Monika.

Jakob war klar, dass er etwas unternehmen musste, wenn er die Nacht nicht auf einer Holzbank an einer Bushaltestelle verbringen wollte. Er sah sich um. Neben der Haltestelle stand eine Telefonzelle. Er stieß die Flügeltüren auf und untersuchte die Restgeldlade nach vergessenen Münzen. Wie erwartet war sie leer. So wie es immer war, wenn man dringend Geld brauchte.

Auf der anderen Straßenseite gab es eine Tabaktrafik. Es war eines dieser kleinen, schuhkartonförmigen Gebäude, die nur zu dem Zweck gebaut waren, Menschen mit Rauchwaren, Zeitschriften und Lottohoffnungen zu versorgen. Jakob zögerte. Dann trat er aus der Telefonzelle, überquerte die Straße am Zebrastreifen und blieb vor dem Zigarettenautomat an der Ladenfront stehen. Auch diese Restgeldlade war leer. Er hatte keine andere Wahl. Jakob nahm seinen ganzen Mut zusammen und betrat die Trafik. Eine alte Frau mit dickem Hals und Doppelkinn sah ihn mürrisch an.

»Guten Tag«, piepste Jakob, »meiner Mutter geht es nicht gut.« Er zeigte durch die Tür auf die andere Straßenseite. »Hätten sie ein paar Schilling zum Telefonieren?«

Die Trafikantin musterte ihn misstrauisch. Dann öffnete sie die Kassenlade und drückte dem Bittsteller wortlos drei Schillingmünzen in die Hand. Jakob bedankte sich und flüchtete erleichtert aus dem Schuhkarton.

Zurück in der Telefonzelle fand er im dicken Telefonbuch die gesuchte Nummer, ließ die Münzen in den Schlitz fallen und drehte die Wählscheibe. Einige Klingeltöne später meldete sich Bruder Voglhuber.

Die Tür öffnete sich mit einem ohrenbetäubenden Kreischen. Drei Gestalten tasteten sich in den dunklen Raum vor, zwei davon schleppten große Plastiksäcke mit sich. Ein Zischen war zu hören, kurz darauf ein Klicken wie von den Gasfeuerzeugen der Bierführer. Die Campinglaterne in der Hand von Bruder Voglhuber erleuchtete den rustikalen Innenraum der Schrebergartenhütte nur spärlich. Jakob stellte die Plastiksäcke ab, nahm die Schultasche vom Rücken und sah sich um. Zwei Campingliegen drängten sich links und rechts an die Wände, es gab einen Gasofen und eine alte Küchenkommode mit einem Gaskocher. Unter dem einzigen Fenster fanden gerade noch zwei Gartenstühle und ein kleiner Metalltisch mit karierter Kunststofftischdecke Platz. Alexander überreichte Monika den Schlüssel.

»Ist nichts Besonderes«, sagte er, »aber als Notlösung sollte es reichen. Die Toilette ist draußen, Wasser ist auch draußen beim Brunnen. Und der Rasen müsste gemäht werden.«

»Danke.« Monika nickte müde. »Nur bis wir was gefunden haben.«

Alexander sah sie eindringlich an. »Du musst dir eine Arbeit suchen.«

»Ich weiß.«

Nachdem sich Alexander verabschiedet hatte, sperrte Jakob die Tür von innen zu und zog die rot-weiß karierten Gardinen vor das Fenster. Niemand sollte sehen, wo sie jetzt hausen mussten. Er klopfte den Staub von der Campingliege an der rechten Wand und setzte sich.

»Ich will da nicht bleiben«, sagte er zu seiner Mutter »Ich will nach Hause.«

»Warum hat er mir das angetan?«, erwiderte Monika mit weinerlicher Stimme. »Er war doch mit mir beim Missionsdienst.«

Jakob legte sich auf die Liege, faltete die muffige Decke über seinen Körper und starrte die Holzvertäfelung über seinem Kopf an. Wenigstens hatten sie ein Dach über dem

Kopf. Wie gut, dass sich die Brüder und Schwestern immer gegenseitig halfen. Ohne die starke Gemeinschaft der *Lobpreiser Jahwes* müssten sie jetzt auf einer Bushaltestelle schlafen. Oder, noch schlimmer, im Obdachlosenheim.

Mit einer Klopapierrolle in der Hand und Ekel im Gesicht kam Jakob am nächsten Morgen aus dem kleinen Toilettenhäuschen. An dieses dunkle Loch, durch das seine Hinterlassenschaft in einen unsichtbaren, stinkenden Tümpel platschte, würde er sich wohl nie gewöhnen können. Bei Tageslicht hatte er heute zum ersten Mal gesehen, wo er mit seiner Mutter gelandet war. Die Kleingartensiedlung lag in der Nähe des Bahnhofs, direkt an den Eisenbahngleisen. Hin und wieder ratterte der Regionalzug hinter den Gärten vorbei. Die Gartenhütte war ein Gebilde aus verwittertem, grau-braunem Holz mit einem Dach aus ebenso grauen Holzschindeln. Aus einem Nachbargarten schwappte Volksmusik blechern zu ihnen herüber. Das kleine Grundstück, auf dem ihr neues Zuhause stand, wurde glücklicherweise von einer hohen Thujenhecke abgeschirmt. Jakob wollte auf keinen Fall, dass die neuen Nachbarn auf seine missliche Wohnsituation aufmerksam wurden.

Auf dem Weg vom Plumpsklo zur Hütte musste Jakob an seiner Mutter vorbei, die in Unterwäsche am Brunnen stand und Wasser in einen Topf pumpte.

»Nicht schauen!«, sagte sie mit nicht so ernst gemeintem Ernst.

Jakob sah schnell weg und verschwand in der Hütte. Er ging zum Fenster und spähte vorsichtig hinaus. Seine Mutter sah sich um und zog schnell die Unterwäsche aus. Dann leerte sie mit dem Topf Wasser über ihren Körper und schrubbte sich mit einem Waschlappen ab. Jakob sah immer noch vom Fenster aus zu, studierte die Eigenheiten des weiblichen Körpers und fragte sich, ob ihm auch irgendwann so ein Pelz zwischen den Beinen wachsen würde.

Heute war ein weltlicher Feiertag und Jakob musste nicht so tun, als würde er in die Schule gehen. Am Nachmittag beschloss er, sich ein wenig in der Siedlung umzusehen und marschierte fröhlich los. Als er am Nachbargarten vorbeihopste, war ihm sofort klar, woher die schreckliche Volksmusik kam. Eine ältere Frau im Badeanzug und mit Sonnenbrand auf den Schultern stellte eine große Schüssel Kartoffelsalat auf den gedeckten Gartentisch, von dem auch das Transistorradio seine Schallwellen über die Gärten sandte. Die Figur der Frau erinnerte Jakob an die Bierfässer, die er im Bierlager gesehen hatte. Ein Bierfass mit Kopf, Beinen und Sonnenbrand. Am Griller goss ein braungebrannter Mann im selben Alter Bier aus einer Flasche auf das Fleisch, das mit einem wohlriechenden Zischen antwortete. Er hatte nur eine Badehose an und sein Bierbauch war so dick, dass Jakob sich fragte, ob der arme Mann jemals seine Füße sehen konnte. Das Schrebergartenpaar glotzte den Fremdling über den hölzernen Gartenzaun hinweg an, als wäre er ein Außerirdischer, der mit seinem Raumschiff versehentlich in der Kleingartensiedlung gelandet war. Jakob machte sofort kehrt.

Monika hockte am Brunnen und rieb das Versammlungsgewand mit Seife ein. Dann pumpte sie Wasser hoch und spülte damit die Kleidungsstücke ab.

»Schon wieder zurück?«, fragte sie verwundert.

»Ich glaub' die mögen da keine Fremden«, antwortete Jakob.

»Und schon gar keine Lobpreiser Jahwes«, ergänzte Monika.

Gelangweilt sah sich Jakob im Garten nach einer Beschäftigung um. Dann erinnerte er sich, was Bruder Voglhuber ihnen am Vorabend aufgetragen hatte. Er machte sich auf die Suche und fand hinter der Hütte einen rostigen Handmäher, mit dem er sich schwitzend durch das hohe Gras kämpfte. Ein kleines Feld mit Vergissmeinnicht ließ er stehen.

Nach Einbruch der Dämmerung entfachte Monika aus dem Holz, das an der Hüttenwand aufgeschichtet war, ein kleines Lagerfeuer in einer improvisierten Feuerstelle aus alten Ziegelsteinen. Irgendwo hatte sie Frankfurter Würstchen aufgetrieben, die Jakob jetzt an einem langen Ast über dem Feuer grillte. Der Feuerschein tanzte über sein Gesicht, während er fasziniert in die Flammen starrte.

»Das hätten wir im Hof, im Gemeindebau nicht machen können«, sagte Monika.

»Da wäre dann gleich die blöde Hausmeisterin gekommen und hätte geschimpft«, erwiderte Jakob.

Monika musste lachen. »Blöd darf man nicht sagen.«

Jakob legte den Ast mit dem Würstchen auf einem Ziegelstein ab und stand auf. Mit verstellter Stimme äffte er die Hausmeisterin nach.

»Könnt's ihr nicht lesen? Feuer machen ist hier verboten. Schleicht's euch!«

»Dann hätte sie wahrscheinlich die Feuerwehr gerufen«, ergänzte Monika lachend.

»Hilfe, Feuerwehr! Der ganze Hof brennt!«, legte Jakob nach.

»Und der Hof wird schmutzig.«

»Schuhe ausziehen! Ich hab gerade gewischt!«

»Die Feuerwehr muss ohne Schuhe löschen.«

»Könnt's ihr nicht lesen? Mit Wasser herumspritzen verboten!«

Jakob und Monika konnten sich vor Lachen kaum noch halten.

Die Pfingstferien waren vorbei und Jakob musste wieder in die Schule. Am Abend wusch er sich im Schutz der Dunkelheit am Brunnen, am Morgen klatschte er sich dort kaltes Wasser ins Gesicht und putzte sich die Zähne. Danach machte er sich auf den neuen Schulweg und hoffte, dabei keinen anderen Schülern zu begegnen. Denn wie immer seit dem verhinderten Harmagedon verbrachte er die Vormittage in seinem Wachturm-Spielhaus, statt im Klassenzimmer. Manchmal ging er schon nach der fünften Stunde zurück zum Schrebergarten, weil ihn fürchterlicher Hunger plagte. Monika kochte auf dem Gaskocher ein bescheidenes Mittagessen und danach tat Jakob so, als würde er seine Hausaufgaben erledigen. Die Nachmittage verbrachte er meist allein im Garten. Einige Male hatte er daran gedacht, Hans-Jürgen in seiner alten Siedlung zu besuchen. Dazu müsste er sich allerdings eine gute Ausrede einfallen lassen, und da er seine Mutter nicht unnötig verärgern wollte, ließ er den verlockenden Gedanken wieder fallen.

Am Mittwochabend ging Jakob mit seiner Mutter wie gewohnt zur Zusammenkunft. Er hatte kein gutes Gefühl, denn er befürchtete immer noch, dass ihn Bruder Frank wegen der Sache mit Miriam zur Rede stellen würde. Also ging er ihm möglichst aus dem Weg. Aber außer einem strengen »Bleib von meiner Tochter weg!« war bisher nichts gekommen. Kein Gespräch mit den Ältesten, kein gemeinsamer Termin mit Monika, keine Verwarnung. Normalerweise ging die Ältestenschaft rigoros gegen sexuelle Vergehen vor. Ein Rechtskomitee wurde einberufen und der Sünder hatte mit einer öffentlichen Zurechtweisung oder sogar einem Gemeinschaftsentzug zu rechnen. Aber vielleicht machten sie bei Kindern eine Ausnahme.

Die zwei Stunden theokratischer Belehrung waren fast um und Jakob fieberte dem Ende der Zusammenkunft entgegen. Nach dem letzten Programmpunkt betrat Bruder Voglhuber nochmals die Bühne. Das entsprach nicht dem üblichen Ablauf. Was war jetzt schon wieder los? Ein neuer Termin für Harmagedon vielleicht? Bruder Zettl übernahm heute das Vorrecht, den Mikrofonständer für den Vorsitzenden auf die korrekte Höhe einzustellen. Wahrscheinlich war Bruder Petrovic krank.

»Nun noch zu einer unerfreulichen Verlautbarung«, sagte Alexander mit ernster Miene und in einem Ton, der das Blut in den Adern gefrieren lies. »Bruder Walter Petrovic hat sich des Vergehens der Hurerei schuldig gemacht und ihm wird mit sofortiger Wirkung die Gemeinschaft entzogen.«

Im Saal wurde es unruhig. Jakob sah sich um, doch er konnte Bruder Petrovic nirgends entdecken. Logisch, denn wer würde schon zu seinem eigenen Ausschluss kommen. Jetzt war auch klar, warum der Zettl-Affe am Mikroständer war.

»Im Buch der Sprüche, Kapitel elf, Vers neun«, fuhr Alexander fort, »warnt uns der Allmächtige, dass Abtrünnige ihre Mitmenschen ins Verderben bringen und nur die Gerechten durch Erkenntnis befreit werden. Um uns vor Abtrünnigen zu schützen, ist es unbedingt notwendig, keinen Kontakt mehr zu ihnen zu haben, ja nicht einmal mehr mit ihnen zu sprechen ...«

Alexander wurde von einem Schluchzen unterbrochen. Es kam von Monika. Sie hatte ihr Gesicht in den Händen vergraben und weinte laut vor sich hin. Jakob legte seiner Mutter die Hand auf die Schulter.

»Mama, nicht weinen«, flüsterte er.

»Schwester Feldhofer?«, sagte Alexander von der Bühne herab.

Monika ließ sich nicht beruhigen. Eva verließ ihren Platz in den vorderen Reihen, setzte sich zu ihrer Freundin und nahm sie in den Arm.

»Der war wahrscheinlich eh total schlecht im Bett«, flüsterte sie Monika zu.

»Schwester Feldhofer, kann ich jetzt fortfahren?«, fragte Bruder Voglhuber ungeduldig.

»Lass sie!«, rief Jakob dem Vorsitzenden entgegen und erschrak im selben Augenblick über seinen ungebührlichen Ausbruch.

Bruder Voglhuber warf Jakob einen strengen Blick zu. Monika wischte sich die Tränen aus dem Gesicht, sah zu Alexander auf und nickte.

Nach dem gemeinsamen Lied und dem abschließenden Gebet wollte Jakob so schnell wie möglich raus aus dem Saal, um Bruder Frank nicht in die Arme zu laufen. Draußen wurde er von Miriam abgefangen. Sie nahm ihn wortlos an der Hand und zog ihn durch den Hof zu einem dunklen Fahrradabstellplatz hinter dem neuen Gebäude, das vor zwei Jahren ausschließlich mit Spenden der Mitglieder finanziert und deren eigener Arbeitskraft erbaut worden war.

»Was ist mit deiner Mama?«, wollte Miriam wissen.

»Ich darf nicht mit dir reden«, antwortete Jakob unsicher. »Dein Vater ...«

»Der sieht uns eh nicht«, unterbrach ihn Miriam. »Also, was ist mit deiner Mama?«

»Sie war in den Walter verliebt.«

»Hat er mit ihr Hurerei gemacht?«

»Ich weiß nicht.«

»Du weißt nicht, was Hurerei ist?« Wahrscheinlich sah ihn Miriam jetzt verwundert an, doch es war in der Dunkelheit nicht zu erkennen.

»Schon, aber ...«

»Weißt du, was eine Vagina ist?«

»Eine Muschi?«

»Ja, genau. Der Mann steckt seinen Penis da rein. Und wenn sie nicht verheiratet sind, also der Mann und die Frau, dann ist das Hurerei.«

»Ja, weiß ich,« sagte Jakob und nickte.

»Küssen ist aber keine Hurerei,« fuhr Miriam fort.

»Woher weißt du das?«

»Meine Mama macht das. Mit dem Masseur, der immer am Donnerstag kommt. Ich hab einmal heimlich zugeschaut. Er massiert sie danach da unten.«

Jakob konnte schemenhaft Miriams Hand erkennen, die auf ihren Heiligen Gral zeigte. Wieder so etwas, das ihm nicht richtig erschien. Ein Masseur, der eine fremde Frau küsste und sie dann auch noch da unten massierte. Das war ganz sicher eine Sünde.

»Kannst du küssen?«, wollte Miriam jetzt wissen.

»Ja, klar«, antwortete Jakob mit der Selbstsicherheit eines Zwölfjährigen, der noch nie ein Mädchen geküsst hatte.

»Dann zeig es mir«, forderte Miriam ihn auf, aber ihre Stimmlage sagte: »Das traust du dich nie.«

Miriam stellte sich ganz nah vor Jakobs Gesicht. Er wusste nicht so recht, was er jetzt machen sollte. Also drückte er Miriam einen hastigen Kuss auf die geschlossenen Lippen.

»Länger«, sagte Miriam.

Jakob zögerte. Miriam presste ihre Lippen auf die von Jakob. Nach einigen Sekunden nahm sie seine Arme und legte sie um ihre Hüften. Dann schlang sie ihre Arme um seinen

Hals. Eine gefühlte Ewigkeit später lösten sich ihre Lippen endlich voneinander.

»Das war nicht schlecht«, sagte Miriam. »Aber ich glaub man muss die Zunge verwenden.« Sie streckte ihre Zunge heraus und ließ sie vor dem Mund kreisen.

»Echt?«

»Los, komm.«

Ihre Lippen trafen wieder aufeinander. Die Münder öffneten sich langsam und ihre Zungen betasteten sich zuerst vorsichtig wie beim Kosten einer heißen Suppe, dann wurden sie mutiger und erkundeten sich immer tiefer. Jakobs Hände wanderten von der Hüfte auf Miriams Hintern.

»Jakob!«, rief eine bekannte Stimme hinter den beiden.

Jakob riss sich von Miriam los und drehte sich um. Bruder Frank sah ihn wütend an.

»Ich … Miriam hat …«, stammelte Jakob.

Dann sprintete er los, vorbei an Bruder Frank, zum Saaleingang, über die Zufahrt, auf die Straße. Der Älteste folgte ihm. Gerade als Markus den Saaleingang erreichte, trat Eva aus der Tür. Er stieß mit ihr zusammen und umklammerte sie mit beiden Armen, um sie am Fallen zu hindern. Genau in dem Moment kam seine Frau Veronika aus dem Saal und sah die beiden in inniger Umarmung.

»Markus?« Veronikas Stimme schwang in einer Frequenzlage zwischen verwundert und vorwurfsvoll.

Markus zog schnell die Arme von Eva zurück.

»Das ist ja typisch«, sagte Eva lächelnd. »Zuerst anbumsen und dann nichts mehr wissen wollen.«

Monika lag angezogen auf ihrer Campingliege und starrte apathisch ins Nirgendwo. Jakob hatte auf dem Gaskocher Wasser heiß gemacht. Er schenkte seiner Mutter Tee ein und stellte die Tasse kommentarlos neben ihrem Kopfteil auf den Boden. Dann zog er sich aus, drehte die Gaslaterne ab, legte sich auf seine Liege und ließ den Abend noch einmal vor seinem geistigen Auge ablaufen. Zum ersten Mal in seinem Leben hatte er ein Mädchen geküsst. Mit Zunge. Jetzt würde es ganz sicher eine Unterredung mit den Ältesten geben. Doch das war es wert. Er bemerkte ein angenehmes Kribbeln in der Bauchgegend und eine Ausbeulung in der Unterhose. So ein Hochgefühl hatte er noch nie gespürt.

VERGEBUNG

Der Vormittag im Wachturm-Spielhaus zog sich dahin wie eine dieser süßen Gummischlangen, die Jakob so gerne aß. Er nahm sie in den Mund und zog so lange daran, bis sie abrissen. Nur der Vormittag riss nicht ab. Gewissenhaft wie er war, hatte er die Captain-Future-Hefte gleich am nächsten Tag zurückgebracht und gegen andere eingetauscht. Mittlerweile hatte er den ganzen Stapel durch. Außerdem waren bereits all seine Schulhefte mit verschiedenen Varianten von Captain Futures *Comet* vollgezeichnet. Langsam gingen ihm die Ideen aus. Er fasste einen Entschluss, schnappte sich die Schultasche und kletterte aus dem Spielhaus.

Seine alte Siedlung sah aus wie immer. Der Spielplatz war leer, die Kinder saßen alle brav in der Schule. Die lästige Hausmeisterin sah aus dem Fenster und fragte ihn, was er hier zu suchen hätte und warum er nicht in der Schule war. Jakob antwortete, dass sie das gar nichts angehen würde und war stolz auf seine mutige Entgegnung. Vor dem Hauseingang von Hans-Jürgen blieb er stehen und sah zu den Fenstern der Wohnung hoch. Sollte er das wirklich machen?

Was, wenn seine Mutter dahinterkam? Er wischte seine Zweifel beiseite und betrat das kühle Stiegenhaus. Auch hier roch es das ganze Jahr nach Heizöl. Jakob zögerte nochmals kurz, dann drückte er den Klingelknopf. Unendliche Sekunden später öffnete Didi die Tür.

»Jakob«, sagte er und es klang wieder so, als würde er sich ehrlich über den Besuch freuen. »Du warst aber lange nicht hier. Komm doch rein.«

Jakob stellte seine Schultasche im Wohnzimmer ab. Didi setzte sich auf das Sofa und drehte sich eine Zigarette.

»Der Hans-Jürgen ist aber noch in der Schule«, sagte er.

»Ich weiß«, erwiderte Jakob. »Kann ich trotzdem hierbleiben?«

»Klar.« Didi zündete die Zigarette an und blies den Rauch in die Luft. »Keinen Bock auf Schule?«

Jakob wich dem Blick von Didi aus und setzte sich auf den abgewetzten Sessel neben der Plattensammlung. »Ich kann da nicht mehr hin.«

»Versteh ich. Gibt's Ärger?«

»Ja, schon.«

»Und was sagt deine Mutter dazu?«

»Die weiß das nicht. Die hat andere Probleme.«

»Was für Probleme denn?«

Jakob überlegte, welches ihrer vielen Probleme er zuerst nennen sollte. »Sie ist in einen Mann verliebt, der sie nicht mag. Und sie will es einfach nicht wahrhaben.«

»Tja, das kenn ich.« Didi nickte wissend. »Das passiert manchmal. Aber ich bin sicher, dass es da draußen jemanden gibt, der ihre Liebe gern annehmen würde.«

Jakob brannte eine Frage auf der Zunge, doch er war nicht sicher, ob es unhöflich war, dieses Thema anzusprechen. »Wo ist eigentlich die Mutter von Hans-Jürgen?«, fragte er schließlich doch.

»Sie ist weitergezogen«, antwortete Didi gelassen. »Die Liebe geht manchmal sonderbare Wege.«

»Aber vermisst er seine Mutter nicht?«

»Klar. Aber für sie war der Kapitalismus reizvoller, als hier mit einem Kind und einem verrückten Hippie festzusitzen.«

Jakob konnte sich vorstellen, was Kapitalismus bedeutete, aber er hatte keine Ahnung, was ein Hippie war. Geistesabwesend blätterte er durch die Plattensammlung und zog eine zufällig gewählte Platte aus dem Stapel. Als er das Motiv auf dem Cover sah, wollte er sie sofort wieder zurückschieben, doch die Kartonhülle hatte sich irgendwo verhakt. Nackte Frauen saßen auf einem Boden und sahen ihn lasziv an.

»Willst du die hören?« Didi zeigte auf die Platte.

»Das darf ich nicht«, antwortete Jakob.

»Musik auch nicht?«

»Die Platten enthalten satanische Botschaften, wenn man sie rückwärts abspielt.«

Didi stand auf. »Dann spielen wir sie eben vorwärts ab.« Er nahm Jakob die Hülle aus der Hand, zog die Platte aus dem Schutzumschlag und legte sie auf den Plattenteller. Vorsichtig platzierte er die Nadel an einer bestimmten Stelle über dem Vinyl. Der Tonarm senkte sich langsam. Didi drehte den Lautstärkeregler am silbern schimmernden Verstärker sehr weit nach rechts.

»Hendrix ist ein Gott«, sagte Didi noch, bevor sich die Nadel mit einem Knacken in die Rille setzte.

Jakob horchte auf. Ein Gott? Es gab doch nur einen Gott im ganzen Universum. Das Intro von *All Along The Watchtower* breitete sich im Raum aus. Als der Gitarrengott mit seinem psychedelischen Spiel loslegte, sprang Didi auf das Sofa, tanzte wie ein Verrückter darauf herum und spielte dabei auf einer unsichtbaren Gitarre. Asche rieselte von seiner Zigarette auf den vergilbten Sitzbezug. Jakob hörte und sah irritiert zu. So eine Musik hatte er noch nie gehört. Und so einen ausgeflippten Tänzer noch nie gesehen. Ein paar Takte später zeigte sich bereits der Ansatz eines Grinsens in Jakobs Gesicht. Noch ein Refrain und sein Kopf begann im Rhythmus der Musik zaghaft zu wippen.

Jakob saß in der Hütte am kleinen Gartentisch und schrieb fiktive Zahlen in sein Matheheft. Sein Kopf bewegte sich immer noch leicht im Takt der vergangenen Musik. Er fragte sich, ob es eine schwere Sünde war, diese weltliche Musik zu hören. Oder ob der Schöpfer wieder ein Auge zudrücken würde. Didi hatte ihm noch weitere Platten vorgespielt, bevor er pünktlich zum Schulschluss nach Hause gegangen war. Songs von Bands mit so komischen Namen wie *Led Zeppelin*, *Eagles* oder *Rolling Stones* schwirrten nun in seinem Kopf herum. Und dazwischen immer wieder die Frage: Was würde seine Mutter dazu sagen? Er sah zu Monika, die in einem Plastiktrog das Geschirr vom Mittagessen abwusch. Hatte sie in ihrer Jugend vielleicht auch diese verbotene Musik gehört?

Jakob wurde von einem Geräusch aus dem Gedanken gerissen. Draußen hielt ein Auto vor dem Schrebergarten. Wenige Sekunden später klopfte jemand an die Tür. Jakobs Herz raste. Wieder der Gerichtsvollzieher? Monika ließ einen Teller in das Spülwasser sinken, trocknete sich die Hände am Geschirrtuch ab und öffnete. Bruder Voglhuber stand vor der Tür.

»Alexander«, sagte Monika überrascht und reichte ihm die Hand.

»Grüß dich Schwester Feldhofer.« Alexander sprach feierlich und schüttelte Monika die Hand.

Monika drehte sich zu ihrem Sohn um. »Jakob, Bruder Voglhuber ist da.«

Jakob stand vom Tisch auf, ging zur Tür und begrüßte den Ältesten ebenfalls mit einem Handschlag.

»Grüß dich Jakob«, sagte Alexander übertrieben freundlich.

»Willst du hereinkommen?«, fragte Monika.

»Nein, ich bin wegen dem Jakob da.«

»Wegen Jakob?« Monika sah Alexander verwundert an. »Stimmt was nicht?«

Jakobs Magen verkrampfte sich. Er ahnte Schlimmes. Stand jetzt die unvermeidliche Unterredung wegen seiner sexuellen Verfehlungen an?

»Er kann hier nicht bleiben«, sagte Alexander. »Wir sind der Meinung, dass er eine strenge, väterliche Hand benötigt. Vor allem nach dem, was bei der letzten Zusammenkunft vorgefallen ist.«

»Was hat er gemacht?«, wollte Monika wissen.

Der Älteste schilderte den wunderbaren Vorfall mit Miriam hinter dem Versammlungssaal in einer Weise, die Jakob als Anstifter und alleinigen Schuldigen dastehen ließ. Das Gesicht seiner Mutter verfinsterte sich mit jedem Wort. Jakob fühlte einen dicken Kloß in seinem Hals.

»Außerdem ist das hier doch kein Zustand für ein Kind«, fuhr Alexander fort. »Plumpsklo, kein fließendes Wasser, kein Strom, ihr beide auf so engem Raum.«

»Ja, aber das ist ja nur vorübergehend«, erwiderte Monika schockiert. »Bis wir was anderes haben. Und für das, was er gemacht hat, kriegt er von mir eine saftige Strafe.« Sie sah ihren Sohn streng an.

»Findest du das hier geeignet für ein Kind?« Alexander zeigte mit dem Finger an Monika vorbei in die Hütte.

Monika zögerte. »Es ist sicher nicht optimal«, musste sie schließlich eingestehen.

»Du hast das richtig erkannt. Wir wollen dir nur helfen. Jakob kann bei uns bleiben, bis du was gefunden hast. Und eine väterliche Führung wird ihn wieder auf den richtigen Weg bringen.«

Jakob sah seine Mutter an. Aus seinen Augen sprach die pure Angst. Er hatte mit allem gerechnet. Aber nicht damit, dass sie ihn von seiner Mutter wegholen würden. Auf keinen Fall wollte er bei Bruder Voglhuber und seiner Frau wohnen.

Monika war anzusehen, dass sie mit sich selbst um eine Entscheidung rang.

»Das würdet ihr machen?«, fragte sie zögernd.

»Wir helfen gern«. Alexander sah Jakob lächelnd an. »Komm Jakob, pack deine Sachen.«

Jakob standen die Tränen in den Augen. Er schaute seine Mutter hilfesuchend an. »Ich will aber lieber dableiben. Mir macht das nichts aus.«

Monika wich dem Blick ihres Sohnes aus. »Vielleicht ist es wirklich das Beste, wenn du mitgehst.«

Jakob versuchte zu schlucken, doch der Kloß verschloß seinen Hals. Tränen liefen ihm über die Wangen. Er hoffte, dass seine Mutter noch etwas sagen würde. Dass sie ihre Meinung ändern und ihren Sohn beschützen würde. Monika sagte nichts.

»Mama?«, flehte Jakob mit tränenerstickter Stimme.

Monika strich ihrem Sohn mit der Hand über den Kopf und sah ihm in die Augen. »Es ist ja nicht für lang.«

»Aber ich will bei dir bleiben.«

»Pack bitte deine Sachen zusammen«, sagte Monika in dem Ton, der bei ihrem Sohn jegliche Hoffnung zuverlässig vernichtete.

Jakob drehte sich um, stampfte in die Hütte, wischte sich die Tränen aus dem Gesicht und packte seine wenigen Kleidungsstücke in einen Plastiksack. Dabei konnte er hören, wie Monika und Alexander im Flüsterton miteinander sprachen.

»Ich kann mir im Moment keine Arbeit suchen«, sagte Monika. »Ich bin … ich weiß es nicht. Es geht im Moment einfach nicht.«

»Darum geht es gar nicht«, sagte Alexander. Du hast den Jakob einfach nicht mehr unter Kontrolle. Deshalb bleibt er bei uns.«

»Du nimmst mir meinen Kleinen weg.«

»Du bist selber schuld.«

Alexander führte Jakob über den ausgetretenen Pfad zu seinem braunen *Mercedes*.

Auf dem Weg zum Auto drehte sich Jakob noch einmal zu seiner Mutter um. »Holst du mich dann ab, wenn du was gefunden hast?«

»Ja«, antwortete Monika. »Und danke, Alexander.«

Jakob musste seine Schultasche und den Plastiksack in den Kofferraum legen und sich auf die Rückbank setzen. Alexander warf die Autotür hinter ihm ins Schloß. Die große Limousine setzte sich in Bewegung. Monika stand am Gartentor und sah ihnen hinterher. Jakob ließ seine Mutter nicht aus den Augen, bis sie auf dem holprigen Weg außer Sichtweite gerollt waren.

Alexander parkte den *Mercedes* vor einem großen, alten Haus mit aufwendigen Verzierungen. Das Stiegenhaus war breit, die steinernen Stufen glänzten, das Treppengeländer war aus Eisen geschmiedet und es roch überhaupt nicht nach Heizöl. Die Wohnung von Bruder Voglhuber und seiner Frau lag im dritten Stock des Altbaus und es gab keinen Lift.

»Ich hab jemanden mitgebracht«, flötete Alexander, als er den Vorraum mit seinem atemlosen Gast betrat.

Jakob blieb nach dem anstrengenden Aufstieg gleich noch einmal die Luft weg. Der schmale Vorraum war überladen mit antiken Möbeln und Ziergegenständen. Ein riesiger Kronleuchter hing von der hohen Decke. Jakob riskierte einen Blick in das angrenzende Wohnzimmer. Auch dieser Raum war mit pompösen Möbeln überladen. Es sah ein wenig so aus, als würden die Voglhubers Einrichtungsgegenstände aus Sissi-Filmen in ihrer viel zu kleinen Wohnung sammeln.

Petra Voglhuber stürmte aus einem Zimmer auf Jakob zu.

»Das ist aber schön, dass du da bist«, sagte sie so begeistert, dass Jakob einen Schritt zurückwich. »Willst du was essen? Was ist dein Lieblingsgericht?«

»Wiener Schnitzel«, antwortete Jakob unsicher.

»Das haben wir leider nicht. Aber was hältst du davon, wenn ich dir mit meiner neuen Mikrowelle einen schönen Milchreis warm mache?«

Jakob überlegte einige Sekunden. »Erlaubt Gott Mikrowellen?«

Petra sah ihren Mann an.

Der zuckte mit den Schultern. »Ja, ich glaub schon.«

»Okay«, sagte Jakob.

Petra war sichtlich aus dem Konzept geraten und versuchte nun wieder in die Spur zu finden.

»Zieh bitte deine Schuhe aus«, sagte sie. »Dann zeigen wir dir dein Zimmer.«

Jakob schlüpfte aus den Schuhen und achtete darauf, sie nicht auf dem teuer aussehenden Teppich abzustellen. Dann folgte er der stämmigen Gastgeberin.

Petra führte Jakob in ein komplett eingerichtetes Babyzimmer. Es gab einen Wickeltisch und ein Gitterbett, an den Wänden klebten kitschige Engel-Sticker.

»Hier wirst du ab jetzt schlafen«, sagte Petra lächelnd.

Jakob blieb in der Tür stehen und sah schweigend in das Zimmer. Sein Blick blieb am Gitterbett kleben.

»Du bekommst natürlich ein größeres Bett«, fügte Petra rasch hinzu. »Schau dich ruhig um.«

Jakob stand immer noch in der Tür. Als Petra nicht aufhörte, ihn lächelnd anzusehen, ging Jakob in das gruselige Zimmer und sah sich um.

»Gefällt es dir?« Petra strahlte wie eine Mutter, die ihrem Kind beim Auspacken der Weihnachtsgeschenke zusieht. Nur, dass es bei den *Lobpreisern Jahwes* kein Weihnachten gab.

Jakob zögerte. Er konnte darauf nicht antworten. »Wann kann ich zurück zu meiner Mama?«, fragte er stattdessen.

Petras erwartungsvolles Lächeln erstarrte zu einem versteinerten Grinsen. »Ich mach dir was zu essen.«

Der glänzende Holztisch und die gepolsterten Stühle mit ihren hohen Rückenlehnen passten gerade so in das Esszimmer. Wenn Jakob seinen Sessel von Tisch wegschob, musste er aufpassen, damit nicht gegen die Wand zu knallen. Er fragte sich, wie sie den riesigen Tisch in den dritten Stock und dann durch die Tür bekommen hatten. Wahrscheinlich haben sie ihn mit einem Kran durch das Fenster in die Wohnung heben lassen. Den Besseren war alles zuzutrauen.

Nach dem Abendessen überredeten Alexander und Petra ihren Gast zu einem Gesellschaftsspiel. Jakob hatte überhaupt keine Lust, mit den beiden zu spielen, wollte sich aber auch auf keine Diskussion einlassen. Petra fischte ein selbst gebasteltes Bibelquiz aus einer antiken Schublade und breitete das Spielbrett auf dem Esstisch aus. Die Figuren waren einem weltlichen Mensch-ärgere-dich-nicht-Spiel entliehen. Wenn man die Fragen auf den Kartonkarten richtig beantwortete, durfte man um die angegebene Punktezahl vorrücken und war dem Paradies ein paar Schritte näher. Wenn schon eine Figur auf dem Feld stand, gab es allerdings kein Rauswerfen, denn niemandem sollte der Weg zum Paradies verwehrt werden. Petra war an der Reihe. Sie nahm eine Karte vom Brett und las laut vor.

»Welche war die siebente Plage, die Gott über die Ägypter brachte?«

Jakob kannte die Geschichte von den zehn Plagen natürlich. Allerdings konnte er sie nicht alle aufzählen und schon gar nicht in die richtige Reihenfolge bringen. Petra anscheinend auch nicht. Sie machte ein angestrengtes Gesicht und zählte mit den Fingern die Plagen durch.

»Heuschrecken!«, rief sie endlich. »Nein warte, es war Dunkelheit. Dunkelheit!«

Alexander schüttelte den Kopf. »Es war Hagel«, korrigierte er seine Frau im Ton eines enttäuschten Lehrers.

Jakob zog eine Karte. Sie war sechs Punkte wert und dementsprechend schwierig war die Frage.

»Nach wie vielen Jahren zog Paulus wieder nach Jerusalem?«

Jakob tat so, als würde er wie Petra angestrengt nachdenken und wäre der Lösung ganz nah. Er hatte nicht die geringste Ahnung. Nach einem für ihn angemessenen Zeitraum schüttelte er den Kopf.

»Ich weiß es nicht«, sagte er.

»Vierzehn Jahre«, klärte ihn Alexander nachsichtig auf.

Einige Runden später war der Vorsitzende mit großem Vorsprung im Paradies angelangt. Jakob war erleichtert.

»Ich hole uns etwas Manna«, sagte Petra, zwinkerte Jakob zu und verschwand lächelnd in der Küche.

Alexander rückte vom Kopf des Tisches auf den freien Sessel neben Jakob.

»Du kennst doch die zehn Gebote?«, fragte er mit gedämpfter Stimme.

»Ja«, antwortete Jakob und hoffte, dass Alexander mit dieser Frage nicht die nächste Runde Bibelquiz einläuten würde.

»Weißt du, wie das neunte Gebot lautet?«

Also doch ein Quiz. Jakob überlegte. »Du sollst nicht stehlen?«

»Fast.«

»Du sollst nicht lügen?«

»Richtig.«

Petra kam aus der Küche zurück, stellte einen perfekt geformten Gugelhupf auf den Tisch und schnitt ein großes Stück davon heraus. Dabei berührte ihre voluminöse linke Brust ganz leicht den Kopf von Jakob. Er wich erschrocken zur Seite. Petra legte das Stück vor Jakob auf einen Teller, strich ihm zärtlich über den Kopf und ging wieder. Jakob biss in den Kuchen.

»Diese Gebot ist sehr wichtig für dich«, fuhr Alexander fort. »Du bist ein ganz besonderer Junge. Vor dir liegt eine großartige Zukunft in unserer Gemeinschaft. Davon bin ich überzeugt.«

Jakob sah Alexander an. Was meinte er damit? Kam jetzt die Zurechtweisung wegen der Sache mit Miriam?

»Das bedeutet aber auch, dass du niemals Sünden von anderen Brüdern oder Schwestern verschweigen darfst.«

Jakob nickte mit vollem Mund.

»Auch wenn es eine Sünde der eigenen Mutter ist. Man darf nicht falsch aussagen.«

Jakob hatte aufgehört zu kauen. Er sah an Alexander vorbei aus dem Fenster auf das unbeleuchtete Nachbarhaus, das irgendwie traurig aussah. Was wollte der Älteste von ihm?

»Gibt es etwas, das du mir sagen musst?«, fragte Alexander mit seiner ernsten Ältestenstimme.

Jakob schluckte den Bissen Gugelhupf hinunter. Er zögerte. Welche Sünde könnte seine Mutter begangen haben? Sie war manchmal aufbrausend und dabei rutschte ihr auch schon mal die Hand aus. Aber das war keine Sünde, die körperliche Züchtigung von Kindern wurde in der Bibel sogar ausdrücklich angeordnet. Er hatte mitbekommen, dass seine Mutter ein paar Mal gelogen hatte, aber das war immer in einer Notsituation gewesen. Ansonsten fielen ihm keine Sünden ein.

»Nein«, antwortete er wahrheitsgemäß.

»Bist du sicher? Denk daran, der Allmächtige Schöpfer sieht und hört alles.«

»Ja, sicher.«

»Gut«, sagte Alexander. »Noch eine Runde?«

»Was?«

»Bibelquiz?«

Der Kloß in Jakobs Hals war wieder da. Tränen sammelten sich in seinen Augen.

Nach einer letzten erniedrigenden Runde Bibelquiz war für Jakob endlich Schlafenszeit. Petra hatte eine Matratze auf dem Boden neben dem Gitterbett mit frischer Bettwäsche überzogen. Jakob lag in seinem neuen Zimmer und weinte sich in den Schlaf. Viel lieber wäre er jetzt bei seiner Mutter in der armseligen Gartenhütte. Bei den Voglhubers gab es zwar reichlich zu Essen, Strom, fließendes Wasser und eine richtige Toilette, trotzdem fühlte er sich hier wie in einem Gefängnis. Irgendwie musste er den Ausbruch schaffen und Monika überzeugen, ihn wieder zu Hause aufzunehmen.

Um sechs Uhr dreißig wurde Jakob von Petra geweckt. Er musste sich die Zähne putzen und bekam nach einem gemeinsamen Gebet Gugelhupf, Buttersemmel mit Marmelade oder Honig und ein weichgekochtes Ei zum Frühstück vorgesetzt. Jakob aß nur eine Buttersemmel mit Honig. Dazu gab es leckeren Kakao. Währenddessen las Alexander das biblische Tagesmotto aus einem dünnen Heft vor. Der Text ermahnte die treuen Diener Gottes, in der von Satan regierten Welt wachsam zu sein und weltlichen Begierden zu widerstehen. Jakob war sicher, dass dies nicht das aktuelle Tagesmotto war. Der Älteste hatte einen Text ausgewählt, der zu der Situation seines Schützlings passte. Gegen sieben Uhr fünfzehn verließ Alexander mit Jakob die Wohnung.

Der braune *Mercedes* hielt direkt vor dem Schulgebäude. Jakob hatte gehofft, alleine zur Schule gehen zu können, doch Alexander hatte darauf bestanden, ihn mit dem Auto zu bringen.

»Wann ist die Schule aus?«, fragte Alexander vom Fahrersitz nach hinten.

»Sechs Stunden«, antwortete Jakob ohne wirklich zu wissen, wieviele Stunden er tatsächlich hatte. »Dreizehn Uhr zehn.«

»Ich hol dich ab«, sagte Alexander.

»Ist nicht notwendig. Ich kann zu Fuß gehen.«

»Ich hol dich ab«, wiederholte Alexander bestimmt.

Jakob stieg aus dem Auto, verabschiedete sich und ging langsam auf das Schulgebäude zu. Im Augenwinkel behielt er den *Mercedes* im Blick. Nur noch wenige Meter bis zur großen Holztür. Endlich setzte sich das Auto von Alexander in Bewegung. Als der Wagen außer Sichtweite war, machte Jakob kehrt und flüchtete mit hastigen Schritten vom Schulhof.

»Feldhofer!«, hörte er eine bekannte Stimme hinter sich rufen.

Jakob ignorierte die Stimme und ging weiter, als hätte er nichts gehört.

»Feldhofer! Bleib stehen!«, rief die Stimme jetzt energischer.

Jakob sah sich schnell um. Der Jäger folgte ihm über den Schulhof. Jakob beschleunigte seine Schritte.

»Feldhofer, verdammt!«, rief der Lehrer. »Was ist mit dir los?«

Jakob wechselte in den Laufschritt und schaute zurück. Herr Jäger lief ihm tatsächlich hinterher. Ohne auf den Verkehr zu achten, hastete Jakob über die Straße. Glücklicherweise waren in dem Moment keine Autos unterwegs. So schnell er konnte, lief Jakob über die Brücke, vorbei an Spielwarenladen und Elektrofachgeschäft in Richtung Hauptplatz. Der Lehrer war immer noch hinter ihm, der Abstand zu seinem Verfolger verringerte sich mit jedem Meter. Jakob sah sich nach einem Versteck um. Sein gehetzter Blick blieb an der Kirche hängen. Irgendwo hatte er einmal gelesen, dass Flüchtlinge in Kirchen Schutz gesucht hatten. Vielleicht klappte es auch diesmal. Er hatte keine andere Wahl. Im nächsten Moment stemmte er sich gegen die schwere Holztür und verschwand im feindlichen Gotteshaus.

Das große Kirchenschiff lag im Halbdunkel vor Jakob. Zuerst ging er zwischen den hölzernen Sitzbänken in Deckung. Doch dort würde ihn der Jäger sofort finden. Hinter den Altar traute sich Jakob nicht. Dann entdeckte er im seitlichen Flügel eine kleine Kabine aus dunklem Holz, die mit einem roten Samtvorhang verschlossen werden konnte. Wie ein Soldat unter Beschuss rannte er in gebeugter Haltung zur freien Kabine. Drinnen zog er schnell den schweren Vorhang zu, setzte sich auf die schmale Holzbank und zog seine Beine hoch, damit sie unter dem Vorhang nicht zu sehen waren.

»Gott, der unser Herz erleuchtet, schenke dir wahre Erkenntnis deiner Sünden und seiner Barmherzigkeit. Amen.«

Jakobs Herz setzte kurz aus, um gleich darauf mit Doppelschlägen weiterzurasen. Durch die gitterartige Öffnung in der Wand konnte er schemenhaft den Sprecher in der Nebenkabine erkennen.

Draußen wurde die schwere Kirchentür geöffnet. Jakob saß bewegungslos auf der Bank und atmete kaum. Wenige Sekunden später riß jemand den Vorhang der Nebenkabine zur Seite. Durch das einfallende Licht konnte Jakob den Pfarrer erkennen, der ihn aus der Kirche gejagt hatte. Schlimmer konnte es jetzt kaum noch kommen.

»Was fällt Ihnen ein?«, bellte der Pfarrer dem Eindringling entgegen.

»Tut mir leid«, sagte die unsichtbare Stimme von Herrn Jäger. »Ich suche einen Schüler von mir.«

»Hier ist kein Schüler«, erwiderte der Pfarrer streng. »Verlassen Sie sofort meine Kirche!«

»Aber der Schüler ...«

»Raus hier!«

»Ja, ja, schon gut.«

Jakob hörte, wie der Lehrer davonschlich. Wenig später fiel die Kirchentür ins Schloß.

»Was für ein Idiot«, murmelte der Pfarrer. »Nun mein Sohn, welche Sünden möchtest du beichten?«

Die Frage war eindeutig an Jakob gerichtet. »Beichten?«, fragte er verwirrt.

»Deswegen bist du doch hier, oder?«

»Ich, äh … ja«, stotterte Jakob.

»Na dann, bitte.«

Jakob überlegte. »Also, ich hab die Schule geschwänzt«, beichtete er schließlich und hoffte, dass der Pfarrer damit zufrieden war.

»Ist das alles?«

»Und ich hab geraucht, aber nur einmal probiert. Und ein Mädchen geküsst, aber eigentlich hat sie mich dazu angestiftet. Und ich hab meiner Mutter beim Baden zugeschaut.« Das sollten genug Sünden für den Pfarrer sein.

»Da ist doch sicher noch etwas, dass du beichten möchtest«, sagte der Geistliche mit sanfter Stimme.

Eine Erkenntnis traf Jakob wie der Blitz beim Harmagedongewitter. Der Pfarrer hatte ihn erkannt. Er wusste von den Kerzen.

»Und ich hab Kerzen aus Ihrer Kirche gestohlen«, sagte Jakob reumütig.

»Ah, du warst das.«

»Es tut mir leid. Entschuldigung.«

»Puh, da ist aber ganz schön viel zusammengekommen. Aber es ist gut, dass du gekommen bist. Denn der Herr vergibt deine Sünden, wenn du bereust und Buße tust.«

»Ja, okay«, sagte Jakob erleichtert.

»Bete drei Vaterunser.«

»Das ist alles?«, fragte Jakob verwundert.

»Ja.«

»So einfach ist das?«

»Gott ist barmherzig«, antwortete der Pfarrer.

»Und man wird nicht rausgeworfen aus der Gemeinschaft?«

»Nein.«

»Lässig.«

»Ich spreche dich los von deinen Sünden«, betete der Pfarrer mit monotoner Stimme, »im Namen des Vaters und des Sohnes und des Heiligen Geistes.«

»Danke«, sagte Jakob.

Mit einem breiten Grinsen im Gesicht trat er aus dem rettenden Beichtstuhl.

Mit der Entschuldigung, nur fünf statt sechs Schulstunden gehabt zu haben, kam Jakob eine Stunde früher in der Wohnung seiner Gastgeber an. Die Zeit zwischen der Beichte und dem vermeintlichen Unterrichtsschluss hatte er mit frischen Comic-Heften im Wachturm-Spielhaus verbracht. In der Küche bemühte sich Petra hektisch, die Fertigstellung des Mittagessen an die geänderte Ankunftszeit ihres Pflegesohnes anzupassen.

Auf dem Weg zur Toilette kam Jakob am Arbeitszimmer von Alexander vorbei. Auch dieser Raum wirkte für die darin abgestellten Möbel viel zu klein. Alexander saß in einem Ledersessel hinter einem mächtigen Holzschreibtisch und telefonierte. Jakob blieb vor der Toilettentür stehen und lauschte. Ihn hatte schon immer interessiert, mit welchen weltlichen Geschäften der Vorsitzende sein Geld verdiente.

»Wenn sie von Anfang an einsteigen, können sie hohe Gewinne erzielen«, sagte Alexander und Jakob glaubte, Verzweiflung in seiner Stimme zu hören. »Ich erkläre Ihnen das gerne in einem persönlichen Gespräch. Nein, Sie müssen noch nichts unterschreiben. Es ist eine einmalige Chance. Aber ...«

Alexander knallte den Hörer auf die Gabel. Kurz darauf hörte Jakob das Surren der Wählscheibe.

»Liebe Eva«, flötete Alexander ins Telefon, »schön, dass ich dich erreiche. Ich wollte nur sichergehen, dass es dir gut geht. Mir ist etwas aufgefallen. In meinen Unterlagen habe ich gesehen, dass deine Lebensversicherung bald ausläuft. Du solltest sie dringend erneuern. Ich komm gerne mit den Unterlagen vorbei.«

Jakob öffnete leise die Toilettentür. Alexander machte also Geschäfte mit Weltlichen UND Glaubensgeschwistern. Noch dazu mit Eva. Er nahm sich vor, seinen Schwarm bei nächster Gelegenheit zu fragen, was eine Lebensversicherung war und wozu sie die brauchte.

Zum Mittagessen wurde Jakob ein schönes Wiener Schnitzel mit Petersilkartoffeln serviert. Er musste zugeben, das Essen hier war viel besser als zu Hause bei seiner Mutter. Wahrscheinlich lag das an den vielen modernen Küchengeräten, auf die Petra so stolz war. Nach dem üppigen Mahl erledigte Jakob seine fiktiven Hausaufgaben. Immer wenn Petra in der Nähe war, schrieb er fleißig erfundene Zahlen in sein Heft. Nach einer Stunde entschied Jakob, dass er genug gearbeitet hatte. Petra kam aus der Küche, beugte sich ganz nah bei ihm über den Tisch und saugte mit einem elektrischen Handstaubsauger Krümel ein. Jakob drehte sich schnell zur Seite und verstaute seine Hefte und Bücher in der Schultasche.

»Schon fertig mit den Hausaufgaben?«, fragte Petra.

»Ja, war nicht so viel«, antwortete Jakob.

Erst jetzt fiel ihm auf, dass er bei der Beichte etwas vergessen hatte. Er hatte nicht erwähnt, dass auch er manchmal log. Aber wenn die Vergebung von Sünden so einfach war, sah er darin kein Problem.

»Sehr gut«, sagte Petra lächelnd. »Dann können wir jetzt mit dem Bibelstudium weitermachen.«

Sie legte die Bibel, die aktuelle Ausgabe der *Erkenntnis!* und einige Stifte vor Jakob auf den krümelfreien Tisch. Dann rückte sie einen Sessel näher an seinen und setzte sich ganz dicht neben ihn. Jakob starrte die Bibel an, als hätte Petra ihn soeben mit der Abschrift der gesamten Heiligen Schrift beauftragt.

»Und danach gönnen wir uns ein kleines Mittagsschläfchen«, ergänzte sie.

Jakob war nicht sicher, ob sie das ernst meinte. Vorsichtig schaute er zu ihr hinüber. Sie lächelte.

VERRAT

Das pompöse Barock-Sofa im Wohnzimmer war der Treffpunkt zur täglichen Demütigung. Jakob lag seitlich auf der breiten Sitzfläche und fixierte die Tür. Petra lag hinter ihm, hatte einen Arm um ihn geschlungen und schnarchte leise vor sich hin. Wie immer nach dem Mittagessen, den Hausaufgaben und dem Bibelstudium musste Jakob mit seiner Pflegemutter ein Mittagsschläfchen halten. Irgendwann war auch Kuscheln dazugekommen. Doch jetzt war es genug. Jakob wollte nicht schlafen. Und schon gar nicht mit dieser ekelhaften Frau, die seine neue Mutter sein wollte. Er hatte andere Pläne. Vorsichtig löste er Petras Arm von seiner Brust und legte ihn auf ihrer ausladenden Hüfte ab. Er wartete und lauschte. Das Schnarchen war noch immer gleichmäßig. Mit angehaltenem Atem schälte er sich behutsam aus der Löffelchenstellung, setzte sich auf die Kante des Sofas und wartete wieder. Petra war nicht aufgewacht. Jakob stand langsam auf und schlich zur Tür. Wenn sie jetzt aufwachen sollte, könnte er immer noch sagen, dass er zur Toilette müsse. Sie wachte nicht auf. Und Alexander war außer Haus. Ungehindert zog er im Vorraum seine Schuhe an, öffnete lautlos die Wohnungstür und schlüpfte in die Freiheit.

Die Sonne legte ihre frühsommerliche Wärme über die Stadt. Für Jakob war es, als wäre die Luft heute klarer, als würden die Bäume, Sträucher und Blumen heute mehr nach ihren Blüten duften, als wären die Menschen auf den Straßen heute fröhlicher. Immer wieder schaute er sich um, doch da war niemand, der ihm folgte. Dreißig Minuten nach seiner Flucht klopfte er an die Tür der Schrebergartenhütte. Niemand öffnete. Er rüttelte am Türgriff, doch die Tür war abgeschlossen. Zielstrebig ging er um die Hütte herum und spähte durch das Fenster in den Innenraum. Seine Mutter war nicht da. Sofort fiel ihm die Packung *Milde Sorte* auf, die neben einem Feuerzeug auf dem kleinen Gartentisch lag. Er starrte die Zigarettenpackung lange an. Seine Mutter rauchte also doch. Sie war eine Sünderin. Sie war um nichts besser als er. Vielleicht sollte er ihr von dem lässigen Pfarrer erzählen, der für drei Vaterunser alle Sünden vergab. Jakob löste seinen Blick von den Zigaretten. Er ging wieder zurück zur Tür, setzte sich auf die Stufen davor und betete vorsorglich zehn Vaterunser für seine nächsten Sünden. Dann wartete er.

Die Dämmerung breitete langsam ihren unheimlichen Mantel über der Schrebergartensiedlung aus. Monika war noch immer nicht da. Jakobs stampfte wütend mit den Füßen auf dem weichen Boden auf, trat gegen die Holztür und riss Vergissmeinnicht von dem Feld, das er beim Rasenmähen stehen gelassen hatte. Er würde keinesfalls zu den Voglhubers zurückgehen. Er musste eine Alternative finden. Jemanden aus der Versammlung, der seine Situation verstand und ihm half. Sein Blick fiel auf die ausgerissenen Vergissmeinnicht. Das war es. Er hatte die perfekte Lösung. Schnell sammelte er die Blumen, die nicht völlig zerstört waren, zu einem Strauß zusammen und marschierte los.

Die Wohnung lag in einer Neubausiedlung in der Nähe des Transformatorenwerks. Eigentlich durften hier nur Mitarbeiter der Fabrik wohnen. Jakob fragte sich, wie Eva zu der Wohnung mit kleinem Garten gekommen war, wo sie doch als Verkäuferin in einem Modegeschäft arbeitete. Ein paar Mal war er schon mit seiner Mutter hier gewesen. Daher war der richtige Eingang in dem Labyrinth aus Betonbauten schnell gefunden. Die Glastür war nicht versperrt. Jakob betrat das Stiegenhaus und ging direkt zur Wohnungstür. *Bischof* war in ordentlichen Druckbuchstaben auf das Namensschild gedruckt worden. Jakob strich seinen Seitenscheitel glatt, zupfte seinen Kragen zurecht und hielt sich den Blumenstrauß vor die Brust. Gerade als er den Klingelknopf drücken wollte, hörte er hinter der Tür Stimmen. Er zog seine Hand zurück, hielt den Atem an und lauschte. Er konnte nicht verstehen, was gesagt wurde, aber er konnte deutlich eine männliche Stimme erkennen. Eva hatte Besuch von einem Mann. Damit war sein Plan zunichte gemacht. Die Stimmen entfernten sich von der Wohnungstür. Enttäuscht trottete Jakob aus dem Stiegenhaus, vorbei an Evas Gartentor. Das Gartentor! Er drückte den Griff nach unten. Auch diese Tür war nicht versperrt. Vorsichtig trat Jakob auf den gepflegten Rasen. Er drückte sich nah an die Wand, schlich bis zur Hauskante und spähte um die Ecke. Licht fiel vom Wohnzimmer in den Garten. Er wagte sich bis zur großen Balkontür vor und schob seinen Kopf Zentimeter für Zentimeter am Rahmen vorbei. Durch die luftigen Gardinen konnte er Eva sehen. Und Alexander. Die beiden standen im Wohnzimmer und sprachen miteinander. Jakob war erleichtert. Es war nur der Vorsitzende, der Eva einen Hirtenbesuch abstattete. Oder mit ihr über diese komische Versicherung reden wollte. Durch die Glasscheibe nahm Jakob die Worte wie durch einen Filter wahr. Aber er konnte die beiden verstehen.

»Schön hast du es hier«, sagte Alexander. »Sehr gemütlich.«

»Danke«, erwiderte Eva. »Magst du was trinken? Einen Tee?«

»Hast du Wein?«

Eva sah den Vorsitzenden überrascht an. »Willst du mich auf die Probe stellen? Der Schöpfer möchte nicht, dass wir Alkohol trinken.«

»Aber mit Sünden kennst du dich doch aus.« Alexander setzte ein schmutziges Grinsen auf, das Jakob noch nie bei ihm gesehen hatte.

»Ich dachte, wir reden über die Lebensversicherung«, sagte Eva ernst.

Alexander zog sein Sakko aus und legte es auf das aprikotfarbene Sofa. »Das, was du mit deinen Männern gemacht hast, das will ich auch.«

Eva schüttelte den Kopf. »Das mach ich aber nicht mehr. Ich hab mich geändert.«

»So eine wie du ändert sich nie.« Alexander machte einen Schritt auf Eva zu.

Eva wich zurück. »Doch. Ich will so ein Leben nämlich nicht mehr führen. Deshalb bin ich ja zu euch gekommen.«

»Zieh dich aus«, befahl Alexander.

»Nein«, sagte Eva bestimmt.

»Wenn du es nicht tust«, sagte Alexander ruhig, »schließen wir dich aus der Gemeinschaft aus. Und alle werden erfahren, dass du eine Hure bist.«

»Und ich werde allen erzählen, dass du mich gezwungen hast.«

Alexander lächelte überlegen. »Was denkst du, wem sie wohl mehr glauben werden? Einer Hure oder einem Ältesten?«

Eva zögerte. Jakob glaubte, Tränen in ihren Augen zu erkennen.

»Niemand wird es erfahren«, sagte Alexander jetzt mit versöhnlicher Stimme. »Das bleibt unser kleines Geheimnis.«

Er bewegte sich langsam auf Eva zu und strich ihr sanft mit der Hand über die Wange. Trotzig wich sie seiner Geste aus. Im nächsten Augenblick landete Alexanders flache Hand klatschend in ihrem Gesicht und hinterließ einen feuerroten Abdruck. Jakob zuckte hinter der Glasscheibe zusammen. Eva hielt die Hand an die Wange und weinte.

»Ausziehen, hab ich gesagt«, zischte Alexander ihr ins Ohr.

Eva wischte sich die Tränen aus den Augen und schüttelte stumm den Kopf. Alexander hob drohend die Hand. Eva hielt schützend den Arm vor ihr Gesicht. Wimmernd schob sie schließlich die Träger ihres kurzen, geblümten Sommerkleides über die zierlichen Schultern und ließ es vom Körper gleiten. Jetzt stand sie nur noch in Unterwäsche vor dem Vorsitzenden. Jakobs Herz raste.

»Weiter«, befahl Alexander.

Mit zittrigen Fingern öffnete Eva ihren BH und ließ ihn auf den Boden fallen. Alexander gab ihr mit einem Kopfnicken zu verstehen, dass sie weitermachen sollte. Eva schob ihren Slip über die Beine nach unten. Jakobs Herz drohte aus dem Brustkorb zu springen. Er starrte die nackte Frau fassungslos an. Sie war wunderschön. Der Vorsitzende packte die junge Frau an den Armen und schleuderte sie wie eine leblose Puppe auf das Sofa. Eva wollte schreien, doch Alexander presste ihr rasch die Hand auf den Mund. Mit der freien Hand öffnete er seine Hose, dann legte er sich auf sie und stieß mit seinem Unterleib auf sie ein. Jakob war wie erstarrt. Er wollte eigentlich gar nicht hinsehen, konnte seinen Blick aber nicht von dem unzüchtigen Akt abwenden. Unerträgliche Sekunden später riss er sich endlich los und lief aus dem Garten.

Jakob rannte. Er rannte Straßen entlang, an Parks und Geschäften vorbei, überquerte Plätze. Ohne Ziel. Er wollte vor dem, was er gesehen hatte, davonlaufen. Den Bildern in seinem Kopf entfliehen. Sie holten ihn immer wieder ein. Egal wie schnell er rannte.

Irgendwann stand Jakob wieder vor der Schrebergartenhütte. Das fahle Licht der Gaslaterne fiel durch das einzige Fenster in den dunklen Garten. Seine Mutter war zu Hause. Jakob klopfte. Augenblicke später erschien das müde Gesicht von Monika in der Tür.

»Jakob, was machst du denn hier?«, fragte sie verwundert.

»Mama, ich muss dir was sagen«, polterte Jakob sofort los. »Ich hab was gesehen. Ich hab gesehen, wie der Bruder Voglhuber die Eva gezwungen hat … zur Hurerei.«

»Was redest du da? Das würde Alexander nie machen.«

»Doch. Ich hab es gesehen. Und ich weiß noch andere Sünden, von anderen Brüdern. Der Karl hat …«

»Hör auf!«, schrie Monika. »Hör auf, solche Lügen über unsere Glaubensbrüder zu verbreiten. Das ist Verleumdung. Du machst den Schöpfer sehr traurig.«

»Aber es ist wahr!«, rief Jakob verzweifelt.

»Der Alexander wird dir deine Lügen schon noch austreiben.«

»Mama, ich will wieder nach Hause. Bitte.«

»Es ist besser, wenn du zu Alexander zurückgehst«, sagte Monika leise. »Er sucht dich sicher schon.«

Monika schloss die Tür und ließ ihren Sohn vor der Hütte stehen. Jakob starrte die Holzbretter an. Das konnte doch nur ein schlechter Scherz gewesen sein. Seine Mutter würde jeden Moment zurückkommen und lachend die Tür öffnen. Sie kam nicht. Dicke Regentropfen trommelten auf Jakobs Kopf. Er drehte sich um und schlurfte aus dem Garten.

Bei jedem Auto, das vorbeifuhr, fürchtete Jakob, dass es der braune *Mercedes* von Alexander sein könnte. Deshalb hielt er sich so gut es ging von den Hauptstraßen fern und benutzte trotz seiner Angst die engen Gassen, in denen keine Autos fahren konnten. Sollte ihn der Vorsitzende trotzdem finden, würde er um sein Leben laufen. Lieber tot, als mit einem Monster und einer Verrückten im Gefängnis. Völlig durchnässt erreichte er die Siedlung. Diesmal zögerte er nicht, den Klingelknopf zu drücken.

Ehrfürchtig zog sich Jakob das viel zu große T-Shirt mit Captain-Future-Aufdruck über, das Hans-Jürgen aus seinem Kleiderschrank für ihn bereitgelegt hatte. Er betrachtete sich im Spiegel. Der Weltraumheld stand mit entschlossenem Blick und gezogener Waffe auf seiner Brust. Jakob lächelte. Dann schlüpfte er in die hellblauen Jeans, in die seitlich ein neongelber Streifen eingenäht war. Obwohl die Hosenbeine über seine Füße hinausragten und der Bund viel zu weit war, fand er, dass Jeans viel besser zu ihm passten als die dämlichen Cord- oder Anzughosen, die er sonst tragen musste. Seine Mutter hatte ihm nie Jeans gekauft. Sie sagte immer, nur Weltliche würden diese ordinäre Kleidung tragen.

Inzwischen hatte Didi Tee gekocht. Jakob saß nun mit einer dampfenden Tasse im Wohnzimmer und erzählte seine Geschichte. Er begann mit dem Rauswurf aus der Wohnung, berichtete von der Herbergssuche, der armseligen Unterkunft, von seiner Entführung und den verrückten Gasteltern. Er schilderte seine Flucht und erzählte von dem unzüchtigen Akt, den er beobachtet hatte.

»Das hat er gemacht?« Didi schüttelte den Kopf.

»Ich hätte ihm in die Eier getreten«, sagte Hans-Jürgen.

Jakob sah sich den Aufdruck auf seinem T-Shirt an. Er stellte sich vor, wie er den Vorsitzenden mit seinen Superkräften im Versammlungssaal von der Bühne schleuderte. »Das nächste Mal werd ich ihn einfach von der Bühne hauen«, sagte er und ließ die Faust durch die Luft sausen.

»Dafür bist du doch viel zu schwach«, bemerkte Hans-Jürgen.

»Ich hab Harmagedon gestoppt«, entgegnete Jakob.

»Das war doch nur ein normales Gewitter.«

Jakob sah zu Boden. »Wahrscheinlich war es wirklich nur ein Zufall. Das genau an dem Tag ein Gewitter gekommen ist.«

»Hast du das von Alexander schon deiner Mutter erzählt?«, wollte Didi wissen.

»Ja«, antwortete Jakob. »Aber die glaubt mir nicht. Die glaubt nur, was die Ältesten sagen. Und schickt mich zurück zu diesem … Arsch.«

»Wir sollten zur Polizei gehen«, schlug Didi vor.

»Das kann ich nicht. Dann redet sie nie wieder mit mir.«

»Dann musst du es so machen wie Martin Luther King«, sagte Didi. »Er hat für die Rechte der Schwarzen gekämpft. Ohne Gewalt. Er hat sich hingestellt und die ungerechte Behandlung durch die Weißen öffentlich bloßgestellt.«

»Ist der nicht erschossen worden?«, warf Hans-Jürgen ein.

»Man muss nicht sterben, um ein Held zu sein«, sagte Didi zu Jakob. »Aber man muss Mut haben, um so was durchzuziehen. Vielleicht bist DU dazu auserwählt.«

Jakob nippte an seinem heißen Tee und versuchte zu verstehen, was Didi ihm geraten hatte. Wie sollte ein zwölfjähriger Junge so etwas zustande bringen?

Die Nacht verbrachte Jakob auf dem Sofa. Das war immer noch viel bequemer als die Campingliege in der Gartenhütte. Trotzdem schlief er unruhig.

Captain Future ist schwarz. Er kommt im Alfa. »Hundertzehn PS«, sagt der Weltraumheld.

Sandiger Wind weht Jakob ins Gesicht. Er steht auf einem Berg umgeben von zerklüfteten Felsen. Captain Future überreicht ihm zwei Steintafeln mit den zehn Geboten. Dann klettern sie den Berg hinab. Jakob kann die schweren Tafeln nicht mehr halten. Sie rutschen ihm aus der Hand und zerbrechen in tausend Teile.

Captain Future winkt lässig ab. »Hält sich eh keiner daran.«

In der Wüste finden sie die Gläubigen. Alle aus der Versammlung sind da. Sie beten ein Götzenbild an. Es ist aus purem Gold und hat die Form eines Gugelhupfs. Petra hat ihre Küchengeräte mitgebracht.

»Du musst was dagegen machen«, sagt Captain Future zu Jakob.

»Kann ich deine Waffe haben?«, fragt Jakob.

»Die brauchst du nicht«, antwortet der Weltraumheld. »Du hast deine Waffe immer bei dir. DU bist die Waffe.«

Dann steigt er in seinen Alfa und fliegt davon.

Am nächsten Morgen war Jakob noch völlig benebelt von dem eigenartigen Traum. Er saß am Küchentisch und starrte in seine Teetasse. Das Marmeladebrot blieb unberührt. Nach dem Frühstück ging Hans-Jürgen zur Schule und Didi musste zur Arbeit. Jakob konnte allein in der Wohnung bleiben. Er durfte sich im Kühlschrank bedienen, die Plattensammlung durchstöbern und Fernsehen. Zum ersten Mal in seinem Leben konnte Jakob eine Folge von *Captain Future* mit Ton genießen. Diesmal musste der Weltraumheld mit seiner Crew gegen die Mutanten-Armee des Herrschers von Megara kämpfen, der die Bewohner des Planeten in Affenmenschen verwandelt und eine befreundete Geheimagentin entführt hatte. Durch eine List gelang es dem Captain, den bösen Herrscher zu überwältigen, die Agentin zu befreien und die Armee wieder in harmlose Menschen zurückzuverwandeln. Damit war der Frieden auf dem Planeten wieder hergestellt.

Als die Zeichentrickserie von der Russischlehrerin abgelöst wurde, widmete sich Jakob dem Plattenregal. Behutsam wie ein Chirurg bei einer Augenoperation setzte er den Tonarm auf den Rand seiner Lieblingsplatte von *Jimi Hendrix*. Schließlich wollte er nicht noch einmal eine sauteure Nadel zerstören.

Um dreizehn Uhr dreißig kam Hans-Jürgen von der Schule nach Hause. Er bereitete für sich und seinen Gast Mittagessen zu, indem er heißes Wasser in zwei Becher mit Instant-Nudeln kippte. Nach diesem schnellen Imbiss wurde am C64 gezockt. Jakob durfte das Spiel aussuchen. Er entschied sich für das, bei dem man die bösen Russen abschießen musste. Damit hatte er schon Erfahrung.

»Wann gehst du zu deiner Mutter zurück?«, fragte Hans-Jürgen, während er seinen Freund bei seiner Mission beobachtete.

Jakob hämmerte auf die Taste des Joysticks und holte ein russisches Kampfflugzeug vom Himmel. »Ich kann nicht zurück«, antwortete er.

»Aber sie ist doch deine Mutter. Sie muss dich zurücknehmen.«

»Sie macht das, was die Ältesten sagen.«

»Das geht doch nicht. Da muss man was dagegen machen.«

Da war es wieder, dieses Wort. Machen. Was sollte er schon machen? Aber Hans-Jürgen hatte recht. Jakob kam der Traum von letzter Nacht in den Sinn. Und das, was Didi über Martin Luther King gesagt hatte. Er vergaß zu feuern und sein Flugzeug wurde prompt von einem russischen Geschützturm getroffen. Game over.

»Die haben dich gekillt«, sagte Hans-Jürgen. »Du musst doch zurückschießen.«

Jakob legte den Joystick auf den Tisch und stand auf. »Du hast recht. Ich muss zurückschießen.«

Er ging aus dem Zimmer, zog im Vorraum seine Schuhe an und verließ die Wohnung.

Vorsichtig öffnete Jakob die helle Holztür gerade so weit, dass er durch den schmalen Spalt in den Versammlungssaal sehen konnte. Die Zusammenkunft hatte bereits begonnen. Natürlich stand wieder einmal Bruder Voglhuber auf der Bühne. Er hielt einen Brief in der Hand und las daraus vor, als wäre ihm das Schriftstück vom Schöpfer persönlich übermittelt worden.

»Es kann sein, dass sich einige Diener Gottes bei ihren Planungen von einer verkehrten Ansicht darüber leiten ließen, was an einem gewissen Datum oder in einem bestimmten Jahr geschehen würde. Vielleicht haben sie aus diesem Grund gewisse Dinge aufgeschoben oder vernachlässigt, die sie sonst getan hätten. Aber sie haben den Sinn der biblischen Warnungen in Bezug auf das Ende dieses Systems der Dinge verfehlt, da sie glaubten, die biblische Chronologie weise auf ein bestimmtes Datum hin.«

Jakob sah sich nach seiner Mutter um. Er fand sie auf ihrem gewohnten Platz und fixierte sie mit seinem Blick.

»Es ist aber nicht ratsam«, fuhr Alexander fort, »unser Augenmerk auf ein bestimmtes Datum zu richten und alltägliche Dinge zu vernachlässigen, die wir als Christen normalerweise tun würden oder die wir und unsere Familie wirklich brauchen. Wir vergessen vielleicht manchmal, dass der Grundsatz, dass Christen zu jeder Zeit alle ihre Verpflichtungen erfüllen müssen, nicht aufgehoben wird, wenn jener Tag kommt. Falls jemand enttäuscht worden ist, weil er nicht diese Einstellung hatte, sollte er sich jetzt bemühen, seine Ansicht zu ändern und sollte erkennen, dass nicht das Wort Gottes versagt oder ihn betrogen und enttäuscht hat, sondern dass sein eigenes Verständnis auf falschen Voraussetzungen beruhte.« Alexander legte den Brief auf das Rednerpult und sah in die versammelte Menge. »Soweit die Stellungnahme von unserer geistigen Führung in New York zu den Ereignissen am siebten Mai. Nun zum nächsten Programmpunkt.«

Endlich ging der Vorsitzende von der Bühne. Jakob stellte Blickkontakt mit dem Weltraumhelden auf seinem T-Shirt her, atmete tief ein und hielt die Luft an. Dann öffnete er die Tür vollständig, eilte durch den Vorraum in den Saal, ignorierte die verdutzt dreinblickenden Gläubigen, und ging direkt auf die Bühne. Er stellte sich hinter das Rednerpult, zog das Mikrofon zu sich herunter und schaute in die versammelte Menge. Sein Gesicht glühte, das Herz raste. Zweifel wallte ihn ihm auf. Doch jetzt gab es kein Zurück mehr.

»Das neunte Gebot lautet, dass man nicht lügen soll«, sagte er mit zittriger Stimme. »Und dass man Sünden von anderen nicht verschweigen darf.«

Es war totenstill im Saal. Alle starrten den Jungen mit der weltlichen Kleidung auf der Bühne an. Jakob musste schlucken, obwohl sein Mund staubtrocken war.

»Jakob, komm da runter«, flüsterte ihm Monika von ihrem Platz aus zu.

Jakob zögerte. Die Geschichte von Martin Luther King kam ihm in den Sinn. Er ignorierte die Anweisung seiner Mutter und wandte sich wieder an die Gläubigen im Saal.

»Bruder Frank trinkt heimlich Wein«, verkündete er. »Und Veronika lässt sich von ihrem Masseur die Vagina massieren.«

Die Brüder und Schwestern waren gelähmt vor Schreck. Markus sah seine Frau an, die vor Scham am liebsten im Boden versunken wäre.

»Bruder Voglhuber ist ein Ehebrecher«, fuhr Jakob fort. »Ich hab gesehen, wie er Eva gezwungen hat … zur Hurerei.«

Ein Raunen ging durch die Menge.

»Er lügt!«, rief Alexander.

Der Vorsitzende wollte aufspringen und Jakob von der Bühne holen, doch seine Frau hielt ihn zurück.

»Und Karl ...« Jakob suchte den Blick von Miriam. Sie nickte ihm zu. »Karl tut der Miriam weh. Er fährt mit ihr in den Wald und zwingt sie zur Hurerei. Beim Missionsdienst.«

Empörte Rufe brodelten im Saal hoch. Jakob war nicht sicher, ob man ihm glaubte oder ihn verteufelte.

»Er lügt«, rief jetzt auch Karl.

Jakob suchte Blickkontakt zu seiner Mutter. Monika schüttelte den Kopf.

»Mama, du darfst dich von den Ältesten nicht unterdrücken lassen«, sagte er nun etwas lauter, um den Lärm im Saal zu übertönen. »Die lügen uns an. Siehst du das nicht? Es kommt kein Paradies. Und es gibt auch keinen Gott, der alles für uns macht. Wir müssen unsere Probleme selber lösen. Aber ich helfe dir dabei. Ich verspreche es dir. Können wir jetzt nach Hause gehen?«

Jakob beobachtete seine Mutter. Sie blieb sitzen und sah in an, als hätte er soeben die größte Sünde seines Lebens begangen. Jakob wurde am Arm gepackt. Alexander zerrte ihn unsanft von der Bühne.

»Du kleines, undankbares Arschloch«, flüsterte der Vorsitzende ihm zu.

Jakob riss sich los und lief zum Sitzplatz seiner Mutter. Er stellte sich vor sie hin und sah ihr in die Augen.

»Mama, bitte«, flehte er mit tränenerstickter Stimme.

Doch Monika blieb sitzen. Sie sah ihren Sohn vorwurfsvoll an und schüttelte wieder den Kopf. Jakob drehte sich um und lief aus dem Saal.

So schnell er konnte, rannte Jakob vor der Wahrheit davon. Ein Schleier aus Tränen ließ die Realität um ihn herum verschwimmen. Häuser, Autos und Passanten erschienen ihm in dem Moment fremd, gehörten nicht in diese Welt. Völlig aufgelöst überquerte er eine Straße. Der feuerrote *BMW* erfasste ihn mit voller Wucht. Erst nach mehreren Metern kam der Wagen mit quietschenden Reifen zum Stehen.

Stille.

Jakob lag mit geschlossenen Augen und ausgestreckten Armen auf der Straße. Blut lief über sein Gesicht. Er sah aus, als wäre er auf dem nassen Asphalt gekreuzigt worden.

Gibt es ein Leben nach dem Tod? Wird man als anderes Lebewesen wiedergeboren? Die *Lobpreiser Jahwes* lehrten, dass mit dem Tod alles vorbei war. Und dass man erst im Paradies vom Schöpfer auferweckt werden würde. War das wirklich so? Jakob betrachtete die Szenerie von oben. Die Unfallstelle wurde von drehenden Blaulichtern erhellt. Sanitäter knieten auf dem Boden und bearbeiteten hektisch seinen leblosen Körper. Polizisten sperrten die Straße und hielten Schaulustige fern. Der Fahrer des *BMW* saß auf dem Gehsteig und hatte sein Gesicht in den Händen vergraben. Jetzt sah Jakob, wie sein eigener Körper auf eine Trage gehievt und in den Krankenwagen geschoben wurde.

Helles Licht. Neonbalken zogen über seinem Kopf vorbei. Wortfetzen. Jemand sprach über die Blutkarte, die immer noch an seinem Hals hing. Maskierte Gesichter beugten sich über ihn. Er spürte keine Schmerzen. Nur ein körperloses Glücksgefühl. Dann allmächtige Stille.

DAS PARADIES

Monikas Gesicht war so bleich, wie die Wand hinter ihr. Sie saß im Wartebereich der Notaufnahme, der mindestens so steril wirkte wie ein Operationssaal, und weinte. Petra saß neben ihr, hielt ihre Hand und versuchte sie mit tröstenden Worten zu beruhigen. Alexander lief nervös vor den beiden Frauen auf und ab.

Das letzte Mal war Monika in diesem Krankenhaus gewesen, als Jakob vier Jahre alt war. Nach einer schmerzhaften Entzündung musste ihm der Blinddarm entfernt werden. Damals war es nicht erlaubt, dass Eltern mit ihren Kindern im Krankenhaus übernachteten, und so musste sie ihren verängstigten Sohn schutzlos zurücklassen. Die katholischen Nonnen, die damals einen fixen Bestandteil des Krankenhauspersonals bildeten, nahmen Jakob sämtliche biblische Literatur ab und ersetzten sie durch weltlichen Schund. Seitdem pflegte Monika eine ablehnende Haltung zu diesem Krankenhaus. Ein heftiger Weinkrampf erfasste sie und ließ ihren hageren Körper erzittern. Petra legte ihren Arm um Monika.

»Das wird schon wieder«, sagte sie mit sanfter Stimme. »Der Schöpfer wird unserem Sohn helfen, das zu überstehen. Du wirst sehen.«

Monika unterbrach ihr Schluchzen und sah Petra an. Die Frau des Vorsitzenden bedachte sie mit einem gütigen Lächeln. Monika nickte stumm.

Ein Mann im grünen Kittel und mit einer OP-Haube auf dem Kopf eilte durch die Tür, die zum einzigen Operationssaal führte. Er hatte seinen Mundschutz nach unten gezogen und steuerte auf Monika zu. Alexander stellte sich ihm in den Weg.

»Sind Sie der Vater von Jakob Feldhofer?«, fragte der Arzt.

»Ich bin vom Krankenhauskomitee der *Lobpreiser Jahwes*«, antwortete Alexander. »Ich vertrete die Mutter. Alexander Voglhuber.«

Der Vorsitzende reichte dem Arzt die Hand. Der hob abwehrend die Hände.

»Doktor Moser«, sagte der Arzt knapp. »Jakob hat schwere innere Verletzungen. Er hat viel Blut verloren und braucht dringend Transfusionen. Er wird es sonst nicht schaffen.«

»Sie dürfen ihm auf keinen Fall Blut geben«, erwiderte Alexander aufgebracht. »Das verstößt gegen unsere religiöse Überzeugung.«

»Wir haben keine andere Wahl.«

»Es gibt Alternativen zur Bluttransfusion.«

»Dafür haben wir weder die Zeit, noch die geeigneten Spezialisten in unserem Krankenhaus.«

»Sie müssen eine andere Lösung finden. Es gibt alternative Behandlungsmethoden.«

Der Arzt wandte sich an Monika. »Sind Sie die Mutter?«

Monika antwortete mit einem müden Nicken.

»Sie wird Ihnen das Gleiche sagen«, fuhr Alexander dazwischen.

Der Arzt schob sich am Vorsitzenden vorbei und versuchte, Monika in die Augen zu schauen. »Frau Feldhofer, Ihr Sohn braucht die Transfusionen dringend.«

Monika wich seinem Blick aus und wischte sich die Tränen aus dem Gesicht. »Gott gebietet uns, dass wir uns des Blutes enthalten sollen«, sagte sie mit kraftloser Stimme. »Erstes Buch Mose Kapitel neun Vers vier.«

Der Arzt ging vor Monika in die Hocke. »Frau Feldhofer«, sagte er in beschwörendem Tonfall, »ich glaube, Ihnen ist der Ernst der Lage nicht bewusst. Ihr Sohn wird sterben.«

Zum ersten Mal sah Monika dem Arzt in die Augen. Tränen liefen über ihre Wangen.

Alexander legte ihr die Hand auf die Schulter. »Denk an die Auferstehungshoffnung«, flüsterte er ihr zu.

»Sie wollen ihn sterben lassen?«, fragte der Arzt empört.

Eva betrat vorsichtig den Wartebereich und blieb in respektvollem Abstand zu der Gruppe stehen. In der Hand hielt sie einen Strauß Vergissmeinnicht. Als Monika die Blumen sah, schluchzte sie laut los.

»Frau Feldhofer, retten sie Ihren Sohn!«, appellierte der Arzt jetzt in energischem Ton.

Monika vergrub ihr Gesicht in den Händen. Alle sahen sie an. Sie warteten auf eine Antwort von ihr. Ihr Körper wurde von einem heftigen Weinkrampf geschüttelt. Nach endlosen Minuten beruhigte sie sich endlich. Sie hob den Kopf und sah Eva ernst an.

»Stimmt das, was der Jakob in der Versammlung gesagt hat?«

Eva zögerte. Sie schaute zu Alexander. Der erwiderte ihren Blick mit einem warnenden Gesichtsausdruck. Eva löste sich von ihm und antwortete auf die Frage von Monika mit einem stummen Nicken.

»Sie lügt!«, rief Alexander.

Monika sah dem Vorsitzenden einige Sekunden lang in die Augen, so als könnte sie darin seine wahren Gedanken lesen. Dann wandte sie sich dem Arzt zu.

»Geben Sie ihm das Blut«, sagte sie entschlossen.

Ein kurzer Ausdruck der Erleichterung spiegelte sich im Gesicht von Doktor Moser wider. Er nickte, wirbelte herum und eilte in den Operationssaal.

»Du Hure!«, schrie Alexander.

Eva zeigte ihm den Mittelfinger. Petra stand auf, ging zu ihrem Mann und gab ihm eine Ohrfeige. Dann lief sie aus dem Warteraum. Monika kämpfte sich von ihrem Sessel hoch und trat ganz nah an Alexander heran.

»Du wirst mir den Jakob nicht noch einmal wegnehmen«, zischte sie.

»Du weißt, was das für dich bedeutet«, erwiderte er abschätzend.

Dann drehte er sich um und hastete seiner Frau hinterher. Monika wankte zu ihrem Sessel und sank kraftlos darauf zusammen. Eva setzte sich zu ihr.

»Du hast das Richtige gemacht.« Sie nahm Monikas Hand und drückte sie.

Auf dem Nachttisch stand eine kleine Vase mit einem Strauß Vergissmeinnicht. Monika und Miriam saßen im nüchtern eingerichteten Krankenzimmer am Bett von Jakob. Nebenan röchelte ein alter Mann in seinen Kopfpolster. Einige Tage waren seit der Operation vergangen. Jakob hatte noch Schrammen und Pflaster im Gesicht, sein linkes Bein steckte in einem dicken Gips, aber ansonsten fühlte er sich schon einigermaßen fit. Er fasste in die Plastiktüte und steckte sich zwei Schaumzucker-Erdbeeren gleichzeitig in den Mund.

»Danke für das Obst«, sagte er mit vollem Mund zu Miriam.

»Damit wirst du schneller gesund«, lachte sie.

»Ganz sicher.«

Die Tür zum Krankenzimmer wurde geöffnet.

»Hey Jakob!«, rief Hans-Jürgen, als er seinen Freund im Bett erkannte.

Er winkte draußen jemandem zu und kurz darauf erschien auch Didi in der Tür. Hans-Jürgen ging zum Bett und reichte seinem Freund einige Captain-Future-Comichefte.

»Captain Future für Captain Feldhofer«, sagte er grinsend.

Jakob warf einen prüfenden Blick zu seiner Mutter. Monika beäugte die Hefte skeptisch, sagte aber nichts dazu.

Jakob nahm die Comics entgegen. »Lässig, danke.«

Didi reichte Monika die Hand. »Juten Tach, schöne Frau.«

»Ah, guten Tag«, stotterte Monika und schüttelte ihm vorsichtig die Hand.

»Ich bin Didi.«

»Monika. Die Mutter von Jakob.«

»Ich weiß. Ich hab schon viel von Ihnen gehört.«

Monika strich sich verlegen durch das dünne Haar. »Wirklich?«

Didi nickte und zeigte sein bestes Lächeln. Monika lächelte zaghaft zurück.

»Wann kannst du hier raus?«, wollte Hans-Jürgen von Jakob wissen.

»Ich will eh nicht so schnell in die neue Schule«, antwortete Jakob.

»Aber dann können wir uns jeden Tag sehen«, warf Miriam ein.

»Eigentlich darfst du gar nicht mit mir reden«, ermahnte sie Jakob scherzhaft.

»Ich hab dir ja gesagt, dass ich weggehe, wenn du weggehst. Und außerdem gibt es die Versammlung eh nicht mehr. Der Bezirksvorsitzende hat sie aufgelöst. Die Eva hat den Voglhuber angezeigt und der Pfeiffer ist wegen mir ins Gefängnis gegangen. Nachdem mein Vater ihn verprügelt hat.«

»Krass«, bemerkte Jakob.

»Ja, du hast eine richtige Apokalypse ausgelöst«, lachte Miriam. »Das echte Harmagedon.«

»Das war wirklich sehr mutig von dir«, bestätigte Monika mit stolzem Kopfnicken.

Didi klopfte mit dem Fingerknöchel auf Jakobs Gipsbein. »Tanzen wirst du mit dem vorerst nicht können. Aber Computerspielen geht.«

Jakob schaute wieder zu seiner Mutter. Didi folgte seinem Blick.

»Er darf doch Computerspielen?«, fragte er an Monika gewandt.

»Na ja, also … was für Spiele sind das denn?«, wollte sie von Didi wissen.

»Es geht fast immer um dasselbe«, erklärte Didi. »Die Guten müssen die Bösen besiegen. So wie David gegen Goliath, Engel gegen Dämonen, Gott gegen den Teufel.«

Monika horchte auf. »Sind Sie gläubig?«

»Aber ja. Ich glaube, dass es im Universum Kräfte gibt, die wir für uns nutzen können.«

»Oh ja«, sagte Monika, »aber nicht alle sind gut für uns.«

»Wir sollten diese Kräfte gemeinsam erforschen«, schlug Didi vor.

Monika zögerte. »Ich weiß nicht …«

»Sie haben Talent dafür.«

»Ich?« Monika zog die Augenbrauen hoch.

»Na klar. Sie haben aus der universellen Energie, die uns alle umgibt, die positiven Wellen herausgefiltert, haben sie kanalisiert und damit was Gutes bewirkt.«

»Was denn?«

»Sie haben Ihren Sohn gerettet.«

Monika schüttelte den Kopf und lächelte nachsichtig. »Nein, das sehen Sie falsch. Er hat mich gerettet.«

Jakob saß mit Hans-Jürgen in dem kleinen Raum, der gleichzeitig sein Kinderzimmer und das Schlafzimmer seiner Mutter war. Sofort nach dem Unfall hatte Eva Beziehungen aus ihrer zwielichtigen Vergangenheit spielen lassen und dafür gesorgt, dass Monika und Jakob wieder in ihre alte Gemeindewohnung einziehen konnten. Sie hatte das Geld für die ausstehenden Mieten vorgestreckt und gebrauchte Möbel von einem befreundeten Altwarenhändler besorgt.

Jakob ließ die selbst gebastelte *Comet*, die er noch im Krankenhaus neu aufgebaut hatte, vor seinem Freund auf dem Boden landen.

»Gar nicht so schlecht für einen Krüppel«, bemerkte Hans-Jürgen grinsend.

Jakob boxte ihm mit der Faust auf den Oberarm. Hans-Jürgen ging lachend in Deckung.

Monika kam ins Zimmer und holte einen Blazer aus dem Kleiderschrank. Ihre Haare waren wieder zu einem voluminösen Dauerwellengebilde hochfrisiert.

»Ich muss jetzt zur Arbeit«, sagte sie im Vorbeigehen zu ihrem Sohn. »Bleibst du mit deinem Freund da?«

»Darf ich heute mitkommen?«, fragte Jakob.

»Willst du nicht lieber mit dem Hans-Jürgen spielen?

Jakob setzte seinen besten Hundeblick auf. »Ich würde das aber auch gern einmal sehen.«

Seit dem Unfall konnte Monika den Bitten ihres Sohnes schwer widerstehen. »Ausnahmsweise«, sagte sie schließlich. »Aber du musst dir was Schönes anziehen.«

»Okay, ich komm gleich.«

»Was arbeitet deine Mutter?«, wollte Hans-Jürgen wissen, nachdem Monika aus dem Zimmer gegangen war.

»Irgendwas Ägyptisches«, antwortete Jakob. »Da wird sie total viel Geld verdienen.«

»Lässig.«

Jakob quälte sich vom Boden hoch und humpelte zum Kleiderschrank.

Die Vergissmeinnicht vor dem Haus waren mittlerweile verblüht. Dafür leuchteten die Wiesen jetzt in einem saftigen Grün und das dichte Blätterdach der Bäume schützte vor der sommerlichen Hitze. Monika trat in einem eleganten Sommerkleid aus dem Hauseingang, gefolgt von Jakob, der Hemd und Krawatte trug. Die üblichen alten Frauen saßen im Schatten auf ihrer Parkbank vor dem Haus. Als Monika und Jakob an ihnen vorbeigingen, unterbrachen sie ihren Tratsch und starrten das elegante Paar schweigend an. Jakobs Blick fiel auf die Titelseite einer Tageszeitung. *Ozonloch wächst – Krebsrisiko steigt!* verkündete die Schlagzeile in dicken Buchstaben. Er sah sich die Leserin auf der Parkbank genauer an. Ihre faltige Haut war ungewöhnlich stark gebräunt.

Die Hausmeisterin schaute diesmal nicht aus dem Fenster. Sie kehrte die Stufen vor ihrer Eingangstür.

»Wo geht's ihr denn schon wieder hin?«, fragte sie, als die neuen alten Nachbarn vorbeikamen.

»Das geht Sie gar nichts an«, antworteten Monika und Jakob gleichzeitig. Die beiden sahen sich an und prusteten los.

Die Reihen in der großen Stadthalle waren bis auf den letzten Sitzplatz gefüllt. Mit dem Gipsbein war Jakob nur langsam vorangekommen und so hatte er mit seiner Mutter länger für den Weg gebraucht als erwartet. Als sie endlich angekommen waren, hatte die Veranstaltung bereits begonnen. Niemand bemerkte die beiden Nachzügler, die sich unauffällig hinter der letzten Reihe platzierten. Jakob sah sich um. Die Szenerie in der Halle erinnerte ihn an die Bezirkskongresse der *Lobpreiser Jahwes*, nur das hier alles viel schriller war. Die gut gekleideten Besucher erhoben sich jetzt von den Plätzen und klatschten euphorisch einer unscheinbaren Frau mittleren Alters zu, die in Begleitung von lauter, mitreißender Musik die Bühne betrat. Ein gut aussehender Mann mit übertrieben strahlendem Lächeln umarmte die Frau und überreichte ihr einen üppigen Blumenstrauß, der ihm von einer ebenso gutaussehenden Assistentin im engen Minikleid gereicht wurde. Dann nahm der Mann die überglückliche Frau an der Hand, zog sie sanft zur Bühnenmitte und wandte sich dem Publikum zu. Als er das Mikrofon zum Mund führte, verstummte der Applaus.

»Als sie zu uns kam, war sie eine einfache Hausfrau!«, rief er begeistert in die Menge. »Und was ist sie heute? Sie hat es geschafft, die erfolgreichste Verkäuferin des Monats zu werden! Sie alle können das schaffen! Sagen Sie es! Ich schaffe das!«

Der Strahlemann hielt das Mikrofon ins Publikum.

»Ich schaffe das!«, wiederholte die Menge.

»Ja, das können Sie!«, rief der Mann. »Sie wollen eine Luxusvilla? Kein Problem. Ich schaffe das! Sagen Sie es!«

Das Publikum wiederholte begeistert die Parole. Jakob schaute zu seiner Mutter. Sie hatte die Worte unhörbar mitgesprochen.

»Einen Sportwagen? Kein Problem. Ich schaffe das!«

»Ich schaffe das!«, sagte Monika jetzt deutlich hörbar.

»Eine Traumreise? Kein Problem. Ich schaffe das!«

Monika stimmte begeistert in den Chor der Anwesenden ein, die alles schaffen konnten. Jakob konnte sich nicht vorstellen, wie seine Mutter so einfach an eine Luxusvilla, einen Sportwagen und eine Traumreise kommen sollte. Er hatte das Gefühl, dass hier irgendwas nicht stimmte.

»Und diese einfache Hausfrau hat es geschafft«, fuhr der Mann auf der Bühne fort. »Hier ist ihre Prämie!«

Auf der riesigen Bühnenprojektion verschwand das Einkommensdiagramm des Pyramidenspiels und das Foto einer Südseeinsel wurde eingeblendet. Tosender Applaus überschwemmte die Halle, die Menge jubelte der erfolgreichen Verkäuferin zu.

Der Mann zeigte auf das Bild. »Eine Traumreise ins Paradies!«

Jakob beobachtete seine Mutter von der Seite. Mit einem verklärten Lächeln starrte sie das paradiesische Foto an, das wie ein heiliges Versprechen von der riesigen Leinwand strahlte.

»Du musst was dagegen machen«, meldete sich der *Captain Future* in Jakobs Kopf warnend zu Wort.

Vorsichtig zupfte Jakob seine Mutter am Ärmel. »Schau nicht hin«, flüsterte er ihr zu.

Doch Monika war bereits in dem Trugbild versunken und hatte die Realität um sich herum ausgeblendet.

»Du schaffst das«, ermunterte ihn der imaginierte Weltraumheld.

Jakob wandte sich wieder der Bühne zu. Er schloß die Augen, hob langsam die Hände zu einer magischen Geste und stellte sich vor, wie er das verlockende Foto mit seinen Superkräften von der Leinwand wischte. Plötzlich verstummte der Applaus. Ein Raunen ging durch die Menge. Jakob öffnete die Augen. Funken sprühten aus der Bühnenprojektion. Das Paradies war verschwunden.

DANKSAGUNG

Ursprünglich sollte aus dieser Geschichte ein Film werden. Nachdem die Finanzierung aufgrund des unzureichenden Filmfördersystems in Österreich nicht zustande gekommen war, entschloss ich mich, den umgekehrten Weg zu gehen und das vorhandene Drehbuch als Grundlage für einen Roman zu verwenden. Und wer weiß, vielleicht wird ja irgendwann doch noch ein Film daraus. Mein Dank gilt der Dramaturgin *Gabriele Mathes*, die mir geholfen hat, den Kern der Geschichte freizulegen. *Paul Harather* für seine meisterhaften Ratschläge und seinen großartigen Humor. *Annemarie Pilgram* für ihre Hilfe, unnötigen Ballast loszuwerden. Und nicht zuletzt danke ich meiner Familie, die mich so geduldig während meiner Schreibprozesse ertragen hat.

Der Brief auf Seite 225 entstammt in Auszügen einem Artikel der *Wachtturm*-Ausgabe vom 15. Oktober 1976, herausgegeben von der *Watchtower Bible and Tract Society of Pennsylvania.* Der Text wurde publiziert, nachdem das für 1975 vorausgesagte Harmagedon zum wiederholten Mal nicht eingetroffen war.